U0064060

名家散文
必讀系列

孫犁

孫犁 著

陳學晶 導讀

中華教育

目錄

孫犁小傳

　　孫犁（1913—2002），原名孫樹勳，小名孫振海，曾用筆名芸夫、芸齋、耕堂、縱耕，河北省安平縣孫遙城村（原東遼城村）人。當代著名小說家、散文家，被認為是著名文學流派「荷花淀派」的創立者；同時亦是傑出的記者、編輯、文學批評家。

　　孫犁 1927 年開始文學創作，著有長篇小說《風雲初記》，小說、散文集《白洋淀紀事》，中篇小說《鐵木前傳》、《村歌》，文學評論集《文學短論》等，另有《孫犁文集》正續編 8 冊，《晚華集》、《秀露集》、《澹定集》、《尺澤集》、《遠道集》、《老荒集》、《陋巷集》、《無為集》、《如雲集》、《曲終集》10 種散文集傳世。

　　孫犁從事文學活動及編輯工作長達半個多世紀，前期作品（1956 年以前）以散文、小說等形式，廣泛而深刻地反映了 20 世紀中葉前後中國的社會變遷，展現了抗日戰爭、解放戰爭和中華人民共和國建立初期，冀中平原和冀西山區一帶人民在中國共產黨的領導下，保家衞國，進行土地改革、勞動生產、互助合作以及移風易俗的生活狀況與精神面貌。茅盾曾評價道：「孫犁的創作有一貫的風格，他的散文富於抒情味，他的小說好像不講究篇章結構，然而絕不枝

蔓；他是用談笑從容的態度來描摹風雲變幻的，好處在於雖多風趣而不落輕佻。」後期作品（1970年代末至1990年代初）主要以散文、雜文、詩歌等形式，回憶早年舊事，關注身邊及文壇現實，同時開展舊書收藏、閱讀積累，進行文體創新、文學批評、文藝理論建設等工作。

孫犁兒時即開始接觸「五四」以後的文學作品。孫犁高中畢業後，曾流浪北平，在圖書館讀書和在大學聽講，後在市政機關和小學校當過職員。1936年暑假後，孫犁到安新縣同口鎮的小學教書，當六年級級任和國文教員。在此期間，從上海郵購革命文藝書刊，繼續進修，並初步了解了白洋淀一帶人民羣眾的生活。

1937年冬，孫犁參加抗日工作。在冀中編詩抄《海燕之歌》，發表長篇論文《現實主義文學論》、《魯迅論》。1938年冬，在冀中軍區辦的抗戰學院當教官，教《抗戰文藝》和《中國近代革命史》。

孫犁1939年調到晉察冀邊區所在地——阜平，在晉察冀通訊社工作，編寫《論通訊員及通訊寫作諸問題》，編輯油印刊物《文藝通訊》，並發表了《一天的工作》和《識字班》等作品。此後，在晉察冀文聯、《晉察冀日報》和華北聯大做過編輯和教學工作，同時進行文學創作。

1941年，孫犁回冀中協助編輯了《冀中一日》，寫就《區村和連隊的文學寫作課本》（即《文藝學習》）。1944年去延安，在魯迅藝術文學院工作和學習，發表了《荷花淀》、《蘆花蕩》、《麥收》等作品。

1945年，孫犁再次回到冀中，下鄉從事寫作，參加土

地改革，寫作《鐘》、《碑》、《囑咐》等短篇小說和一些散文。1949 年進天津，在《天津日報》工作，寫下《風雲初記》和《村歌》等作品。1956 年以後，因病長期擱筆。

　　從孫犁前半生的足跡看，他的求學生涯是一步步離開故鄉，去安國縣城、保定、北平，最後因無業又返回的過程；他的工作經歷是以冀中為重心，涉阜平、駐延安，出走亦歸來的歷程，縱使後來移居天津，其回憶文字仍停留於冀中的美好時光。正是在冀中所寫的一系列取材於白洋淀的作品，奠定了孫犁在中國當代文壇上不可磨滅的地位。

　　天津的城市生活與孫犁的成長環境截然不同，他的創作經驗與創作來源需要做新的調整與轉換，正如孫犁所言：「我出生在河北省農村，我最熟悉、最喜愛的是故鄉的農民，和後來接觸的山區農民。我寫農民的作品最多，包括農民出身的戰士、手工業者、知識分子。我不習慣大城市生活，但命裏注定在這裏生活了幾十年，恐怕要一直到我滅亡。在嘈雜騷亂無秩序的環境裏，我時時刻刻處在一種厭煩和不安的心情中，很想離開這個地方，但又無家可歸。」因此，孫犁在 1970 年代開始的集中創作階段，更專注於從自身的閱歷、身邊小事慢慢獲取、提煉自己的感受，保持對現實的敏銳度；也更熱切地進行深入閱讀，作讀書筆記，以期豐富自己的創作底蘊。同時，作為《天津日報》副刊《文藝周刊》的編輯，孫犁對天津的業餘作者，尤其是工人作者的成長付出了極大的心力，開創了《天津日報》副刊熱心發現、扶植新作者的優良傳統，幾十年來為天津和全國文壇培養了一批批知名作家和業餘創作骨幹，其中包括著名作家劉

紹棠、從維熙、鐵凝等。

　　現任中國作家協會主席的鐵凝對孫犁評價甚高。她説是孫犁先生點亮了她心中的文學燈火：「我敬仰孫犁先生，還因為他以他的寫作和生活，向我們示範了如何小心呵護真和善和美的種子，使之成為人生溫暖的底色。終其一生，孫犁先生都深切懷念他所經歷過的戰爭年代，懷念他生活過的那些村莊，懷念那些作為夥伴、戰友和同志的戰士和羣眾，這種感情滋養了作家的心靈，無論生活發生了怎樣的變故，他都懷抱着胸中那一簇火焰。在我看來，溫暖的力量、向善的力量、穿越了沉淪以後上升的力量是更難的、更不容易的，需要更大的勇氣，需要更高遠的境界。」

白洋淀邊一次小鬥爭

◖ 導讀

    本文是 1945 年作者在晉察冀山裏工作時所作，最初在《教育陣地》上連載，後《教育陣地》出版單行本，書名為《荷花淀》。本文講述的是發生在「白洋淀邊」的「一次小鬥爭」，是作者在白洋淀邊聽來的故事，而講故事的人，一位「愛說愛笑的老頭兒」，也不是小鬥爭的親歷者，也是聽來的。於是，真實發生的事件被包裹在兩層敘事外殼中，第一層是老頭兒講給作者的，第二層是作者講給我們的，但兩位講述者都在試圖還原真相，老頭兒講完時提到當事人，並告訴作者，「到同口，你願意認識認識她，我可以給你介紹，她會說得更仔細，我老了，舌頭不靈了。」而作為第二層面的敘述者，作者儘量保留老頭兒「閒話」的主要內容及特徵，讓讀者直接參與到第一層的敘述中。當然，作者亦精心整理「閒話」的線索，讓我們更輕鬆地獲悉重要信息，比如，作者會在老頭的閒話間，點評道，「總好扯到他那兩隻鷹上」，「可是這一回他一扯就又扯到雞上去」，文末，作者又直接援引老頭兒的話，「我那兩隻水鷹也不會叫鬼崽子們捉了活的去！」直接突出並強化了老人閒談的特色。在呈現閒話的形貌的同時，作者亦表現了聽講者的好奇，「我問：『那個追雞的鬼子炸死了沒有？』」「我追問：『那麼那個姑娘呢，她死了嗎？』」和所有聽故事的經驗一樣，聽和講之間是有互動的。

文章作於日本投降之前，整篇文章的基調，洋溢着革命樂觀主義精神。作者去同口送信，是要完成一次行動，老頭兒是交通員，但兩個人全然沒有完成任務的緊張感。老頭兒講述父子倆賴以為生的兩隻魚鷹被日本人搶走，「放在火堆上燒吃了」，也並未沉浸於憤怒怨恨的情緒，而是直接轉化為果斷有力的行動，「兒子去參加了水上游擊隊，老頭兒把小艇修理好，做交通員。」正如文章開篇一段裏所寫，「老頭兒愛交朋友，幹抗日的活兒很有癮，充滿勝利情緒⋯⋯」

　　文章的敍事視角轉換自由，鏡頭感很豐富，有特寫，有中景，有遠景。「把信揣在懷裏，脫了鞋，捲起褲腿，在那漫天漫地的蘆葦裏穿過。蘆葦正好一人多高，還沒有秀穗，我用兩手撥開一條小道，腳下的水也有半尺深。」「他使竹篙用力一頂，小艇箭出弦一般，躥到淀裏。四外沒有一隻船，只有我們這隻小艇，像大海上漂着一片竹葉，目標很小。」如此美好的景致，怎能容外敵侵犯？老人要保衛自己的生活，少女們也會奮起反抗，保護自己。「同志，咱這裏的人不能叫人欺侮，尤其是女人家，那是情願死了也不讓人的。」文章裏寫了一位聰慧勇敢的少女，「人們看見那姑娘直直地立在葦垛上，她才十六七歲，穿一件褪色的紅布褂，長頭髮上掛着很多蘆花。」

有一天，我送一封信到同口鎮去。把信揣在懷裏，脫了鞋，捲起褲腿，在那漫天漫地的蘆葦裏穿過。蘆葦正好一人多高，還沒有秀穗，我用兩手撥開一條小道，腳下的水也有半尺深。

　　走了半天，才到了淀邊，撥開蘆葦向水淀裏一望，太陽照在水面上，白茫茫一片，一個船影兒也沒有。我吹起暗號，吹過之後，西邊蘆葦裏就嘩啦啦響着，鑽出一隻游擊小艇來，撐船的還是那個愛說愛笑的老頭兒。他一見是我，忙把船靠攏了岸。我跳上去，他說：「今天早啊。」

　　我說：「道遠。」

　　他使竹篙用力一頂，小艇箭出弦一般，躥到淀裏。四外沒有一隻船，只有我們這隻小艇，像大海上漂着一片竹葉，目標很小。就又拉起閒話來。

　　老頭兒愛交朋友，幹抗日的活兒很有癮，充滿勝利情緒，他好打比方，證明我們一定勝利，他常說：「別看那些大事，就只是看這些小事，前幾年是怎樣，這二年又是怎麼樣啊！」

　　過去，他是放魚鷹捉魚的，他只養了兩隻鷹，和他那個乾瘦得像柴禾棍一樣的兒子，每天從早到晚在淀裏捉魚。剛一聽這個職業，好像很有趣味，叫他一說卻是很苦的事。那風吹雨灑不用說了，每天從早到晚在那船上號叫，敲打魚鷹下船就是一種苦事。而且父子兩個是全憑那兩隻鷹來養活的，那是心愛的東西，可是為了多打魚多賣錢，就得用一種東西緊緊地卡住魚鷹的嗓子，使牠吞不下牠費勁捉到的魚去，這更是使人心酸可又沒有辦法的事。老頭兒是最心疼那

兩隻鷹的，他說，別人就是拿二十隻也換不了去，他又說：「那一對鷹才合作哩，只要一個在水裏一露頭，叫一聲，在船上的一個，立刻就跳進水裏，幫牠一手，兩個抬出一條大魚來。」

老頭兒說，這兩隻鷹，每年要給他抬上一千斤。鬼子第一次進攻水淀，在淀裏搶走了他那兩隻魚鷹，帶到端村，放在火堆上燒吃了。於是，兒子去參加了水上游擊隊，老頭兒把小艇修理好，做交通員。

老頭兒樂觀，好說話，可是總好扯到他那兩隻鷹上，這在老年人，也難怪他。這一天，又扯到這上面，他說：「要是這二年就好了，要在這個時候，我那兩隻水鷹一定鑽到水裏逃走了，不會叫他們捉活的去。」

可是這一回他一扯就又扯到雞上去，他說：「你知道前幾年，鬼子進村，常常在半夜裏，人也不知道起牀，雞也不知道撒窠，叫鬼子捉了去殺了吃了。這二年就不同了，人不在家裏睡覺，雞也不在窠裏宿。有一天，在我們鎮上，鬼子一清早就進村了，一個人也不見，一隻雞也不見，鬼子和偽軍們在街上，東走走西走走，一點食也找不到。後來有一個鬼子在一株槐樹上發見一隻大紅公雞，他高興極了，就舉槍瞄準。公雞見他一舉槍，就哇的一聲飛起來，跳牆過院，一直飛到那村外。那鬼子不死心，一直跟着追，一直追到葦垛場裏，那隻雞就鑽進了一個大葦垛裏。」

沒到過水淀的人，不知道那葦垛有多麼大，有多麼高。一到秋後霜降，幾百頃的蘆葦收割了，捆成捆，用船運到碼頭旁邊的大場上，垛起來，就像有多少高大的樓房一樣，

白茫茫一片。這些蘆葦在以前運到南方北方，全國的涼棚上的，炕上的，包裹貨物的蓆子，都是這裏出產的。

老頭兒説：「那公雞一跳進葦垛裏，那鬼子也跟上去，攀登上去。他忽然跳下來，大聲叫着，笑着，往村裏跑。一時他的夥伴們從街上跑過來，問他甚麼事，他叫着，笑着，説他追雞，追到一個葦垛裏，上去一看，裏面藏着一個女的，長得很美麗，衣服是紅色的。——這樣鬼子們就高興了，他們想這個好欺侮，一下就到手了。五六個鬼子餓了半夜找不到個人，找不到東西吃，早就氣壞了，他們正要撒撒氣，現在又找到了這樣一個好欺侮的對象，他們向前躍進，又嚷又笑，跑到那個葦垛跟前。追雞的那個鬼子先爬了上去，剛爬到葦垛頂上，剛要直起身來喊叫，那姑娘一伸手就把他推下來。鬼子仰面朝天從三丈高的葦垛上摔下來，別的鬼子還以為他失了腳，上前去救護他。這個時候，那姑娘從葦垛裏鑽出來，咬緊牙向下面投了一個頭號手榴彈，火光起處，炸死了三個鬼子。人們看見那姑娘直直地立在葦垛上，她才十六七歲，穿一件褪色的紅布褂，長頭髮上掛着很多蘆花。」

我問：「那個追雞的鬼子炸死了沒有？」

老頭兒説：「手榴彈就摔在他的頭頂上，他還不死？剩下來沒有死的兩三個鬼子爬起來就往回跑，街上的鬼子全開來了，他們衝着葦垛架起了機關槍，掃射，掃射，葦垛着了火，一個連一個，漫天的濃煙，漫天的大火，燒起來了。火從早晨一直燒到天黑，照得遠近十幾里地方都像白天一般。」

　　從水面上遠遠望過去，同口鎮的碼頭就在前面，廣場上已經看不見一堆葦垛，風在那裏吹起來，捲着柴灰，凄涼得很。我想，這樣大火，那姑娘一定犧牲了。

　　老頭兒又扯到那隻雞上，他說：「你看怪不怪，那樣大火，那隻大公雞一看勢頭不好，牠從葦子裏鑽出來，三飛兩飛就飛到遠處的葦地裏去了。」

　　我追問：「那麼那個姑娘呢，她死了嗎？」

　　老人說：「她更沒事。她們有三個女人躲在葦垛裏，三個鬼子往回跑的時候，她們就從上面跳下來，穿過葦垛向淀裏去了。到同口，你願意認識認識她，我可以給你介紹，她會說得更仔細，我老了，舌頭不靈了。」

　　最後老頭說：「同志，咱這裏的人不能叫人欺侮，尤其是女人家，那是情願死了也不讓人的。可是以前沒有經驗，前幾年有多少年輕女人忍着痛投井上吊？這二年就不同了啊！要不我說，假如是在這二年，我那兩隻水鷹也不會叫鬼崽子們捉了活的去！」

一九四五年

天燈

◖ 導讀

　　本文作於 1947 年，最早收入《農村速寫》。當時日本已經投降，農村正在進行土地改革和大生產運動。孫犁曾在《記春節》中描述過樹天燈的情形，「是一棵大杉木，上面有一個三角架，插着柏樹枝，架上有一個小木輪，繫着長繩。樹起以後，用繩子把一個紙燈籠拉上去。天燈就樹在北屋台階旁，村外很遠的地方，也可以望見。」藉此追憶童年過春節的一份快樂。而在《天燈》中，作者所要表現的是樹天燈對於窮人的意義。

　　小五家土改後生活發生了重大變化，「這房子是鬥爭來的，吃穿主要是靠全家生產！」出於翻身要叫遠近的人知道的想法，小五家在村子裏樹起了天燈。所以在作者眼裏，天燈意味着一種嶄新的姿態，並賦予它特有的光輝，「今年正月……卻看見東頭立起一個天燈，真是高與天齊，閃亮的燈光同新月和星斗爭輝。」

　　《天燈》以小見大，反映了冀中農村人民在土地改革時期滿足的生活場景與淳樸的風土人情。孫犁在《同口舊事》文末寫道，「對於這一帶人民的貢獻和犧牲來說，在文藝作品中的反映，是太薄弱了」，而我們也知道，作家本人在這方面已經不遺餘力了。跟隨着抗日戰爭、解放戰爭和新中國成立的腳步，作家一直是冀中平原和冀西山區一帶人民戰爭、土地改革、勞動生產、互助合作等大事件、大變革的忠實觀察者、記錄者與思考者。

往常過新年時候，我們村裏只是西頭財主家有一個天燈，窮人家只能在地皮上點些香蠟修福，就是迷信也分了等級。在我的印象裏，天燈和財主是分不開的。

今年正月，一天晚上我到街上遊玩，西頭財主家的天燈不見了。卻看見東頭立起一個天燈，真是高與天齊，閃亮的燈光同新月和星斗爭輝。燈籠紙上，用紅紙剪貼着四個大字：「窮人翻身！」那簡直是一面鮮明的旗幟，一聲有力的召喚。我問：「那是誰家的天燈？」

街上的孩子們説：「是小五家的！」

「喲，小五家的！」在我記憶裏，小五是我們村裏頂窮困的人，是長年借住祠堂的人。

我奔着天燈走到了他的家，是土地改革分得的房子。小五已經老了，穿着新棉袍，很有禮貌地把我迎進屋裏。

他放下紅油炕桌，又擺了茶點。一個穿着整整齊齊的青年婦女，撩門簾進來，懷裏抱着一個孩子，孩子身上披着紅斗篷。她和我説話，我一時卻認不出是誰來。還是小五説：「你不認得她了？就是俺家四妮呀！」

哪，原來是四妮，我小時的同伴。那時她穿得那麼破爛，又瘦又小，現在出挑成了這樣一個儀態大方，豐滿健壯的人。我慶賀他們的生活變得這樣富裕。四妮説：「這房子是鬥爭來的，吃穿主要是靠全家生產！」

説到天燈上，四妮説，「爹是老腦筋，立天燈怕人家笑話。我説，他們笑話甚麼！我們的生活變好了，是靠自己勞動；我們的地收回來了，是靠自己鬥爭。我們翻身了，應該叫遠近的人們知道，我們為甚麼不立一個天燈？」

她大聲地說着，夾着爽朗的笑。使我立時覺到：如果那天燈是窮人翻身的標誌，她的話語就是人民勝利的宣言！

一九四七年二月

「帥府」巡禮

　　本文作於 1947 年，是作者在冀中農村工作時所寫，後收入《農村速寫》。文章前面兩小段解題，解釋何為「帥府」，並詳細解釋了「帥」的意思，即「乾淨、利落、漂亮」。「巡禮」二字，給人很莊重的感覺。

　　文章寫「帥府」，看似寫趙老帥的宅院，其實是寫趙老帥這個人，因為這個人的品質，使得他的宅院非常不一般。宅院的胡同「掃得特別乾淨」，庭院呈現「一種明媚的有秩序的氣象」。作者尤其寫到了農具室，「一間西房滿滿陳列着農具」，「牆上掛的，房頂上插的，中間排列的」，「多種多樣、井井有條」，「這些工具都塗過桐油，擦洗得乾淨」。孫犁非常能夠理解工具對於一個勞動者的意義，因此他一眼就能看出趙老帥，「他是一個農民，他愛惜這些工具」，「這裏陳列的一切，對於他是多麼有意義和重要。」

　　文章的後半部分直接寫趙老帥勤儉勞作的特徵，也刻畫了他使用勞動工具的熟練程度，「他一夜砍完七畝黑豆，一夜和好一間房子那樣大的一堆打坯泥」。並且，趙老帥還在以自己的言行影響着家人，並帶領着她們進行田間的勞動，「他黎明就帶領兒媳、女兒上地，幾個人默默地競賽，老人監視着她們的鋤，指出她們遺漏的每一棵草。」

作者寫趙老帥「沉默寡言」，而「當談到種地的事情，他才活潑起來」。一個將勞動視為個人需要的人物形象，鮮活地展現在我們面前。作者也意在表達，「每個人因為勞動覺到了自己的地位和尊重別人的地位。」

趙老帥是有名的人物。因為人民重視今年的生產，他在村裏就更被注意。但他的有名是很久的了，他住的宅院，人們稱為帥府。一提「各節院裏」，人們就知道是指的他家。

這個「帥」字，不是指的甚麼「元帥」的「帥」。在冀中，「帥」的意思包括：乾淨、利落、漂亮等等意思，這些意思，如果用土話來說就是「各節」。

我去訪問他。一接近他的住宅，胡同裏掃得特別乾淨；一進他的庭院，一種明媚的有秩序的氣象，使人們的精神也清新起來。

一到他的農具室，我真吃驚了。他的一間西房滿滿陳列着農具，是那麼多種多樣、井井有條。這簡直是一個農具博覽會，都是多次浸潤過勞動和土地的津液的。

他的農具齊全，這些工具都塗過桐油，擦洗得乾淨。他的鐵鍬並排放着，像官場的執事；他的木鍬的頭都鑲着鐵皮。一切都擦得閃閃放光，而懸掛在北牆山上的耕地的盆子，則像一面莊嚴明亮的寶鏡，照見你，使你想到這裏陳列的一切，對於他是多麼有意義和重要。

牆上掛的，房頂上插的，中間排列的都是農具。但就是一把小剪，一把小錘，都有自己的位置，就是在夜間，也可以隨意取出使用。

他是一個農民，他愛惜這些工具。

他勤儉持家晝夜不息地勞動。他六十歲了，看來有些黃瘦，但在中年，他一夜砍完七畝黑豆，一夜和好一間房子那樣大的一堆打坯泥，不知勞累。

他沉默寡言，說話的時候，幾乎是閉着眼睛，當談到種

地的事情，他才活潑起來。

他常在吃飯的時候，和孩子們講說種地的要點。但是孩子們好像並不願意聽，他對這點，很表示氣憤，他說，「我教育他們，他們不聽，學裏先生說的話，他們才認真記着！」

孩子們參加村裏的工作，他的十八歲的女兒和二十歲的兒媳，都是村裏的幹部，兒媳曾經當選過勞動英雄。

他的影響，已經能在他的兒女身上看出。他全家人口都是那樣健康、清潔和精於田間的勞動。

緊張的愉快的勞動，能夠換來人生最珍貴的東西。當我們談話的時候，我瞥見了他的兒媳，正在外間耍着周歲的孩子。她是那麼美麗和健壯，敏捷和聰明；孩子在她手裏旋轉，像一滴晶瑩的露珠，旋轉在豐鮮的花朵裏。

他非常愛好清潔的秩序。他的牛圈裏從來看不見糞尿，一層沙土鋪在牛身下，他刷洗的小牛好像剛出閣的少婦。

他愛好乾淨，簡直成了一種癖性。有人傳說他起了豬圈，還要用淨水刷洗。說他在「五一」的殘酷環境，還要半夜裏起來，叫媳婦提着燈籠，打掃完院子，才匆忙逃到野外去。

他的家庭充滿團結的樂趣和勞作的愉快，勞動的競爭心和自尊心。每個人因為勞動覺到了自己的地位和尊重別人的地位。勤儉勞作使家庭之間充滿新生的向上的氣象。

他說：他鋤地沒有遍數，甚麼時候地裏沒有一棵草了為止。他鋤地的時候，如果一眼看見很遠的前面有一棵草，他就先跑過去把它鋤下，才能安心。

　　他黎明就帶領兒媳、女兒上地，幾個人默默地競賽，老人監視着她們的鋤，指出她們遺漏的每一棵草。

　　他已經參加了村裏的撥工組。起先，他因為害怕別人給他把地種壞了，沒有信心，村裏就給他找了幾個能和他相比的農事老手，組成一組。

一九四七年春

織蓆記

導讀

　　本文寫於 1947 年 3 月，最早收入《農村速寫》。作者此時已從延安回到冀中農村，深入體察農民們的具體生活。本文寫的是安新縣端村，文章一開頭，從水土說到人們的生存方式，有的地方是紡線、織布，有的地方則是買葦、織蓆。接着便具體描述婦女和女孩子們的積極勞作及作者對她們的真心頌揚。

　　因為經過不同的歷史時期，所以，織蓆的生活又反映了農民生活處境的變遷。「生活史上的大創傷是敵人在炮樓『戳』着的時候」，那時候的苦處難處，是「連說不能提了，不能提了」。而再往前裏說，則是「地主的剝削」。現在，各家「分得了葦田」，「民主政府扶植葦蓆業」，「公家商店高價收買蓆子」，「現在是享福的日子」。作者寫於同年同月的另外一部作品《安新看賣蓆記》裏有類似內容的介紹，可以參看。

　　孫犁先生對於農村女子懷有非常深厚的感情，他觀察細膩，能看到賣線女子頭髮上的細微變化，說「寒冷的早晨」，她們「從家裏趕來，霜雪黏在她們的頭髮上。她們擠在那裏，急急賣出自己的線子，買回棉花，賺下的錢，再買些吃食零用，就又匆匆忙忙家去了。回家路上的太陽才融化了她們頭上的霜雪」。她們辛勤的勞作在這霜雪的變化間體現得清清楚楚。同時，作者亦不忘

在她們忙碌的生活中提煉出她們生命的尊嚴與快樂。「她們穿得那麼講究，在門前推送着沉重的石砘子。」「在一片燒毀了的典當鋪的廣場上，圍坐着十幾個女孩子，她們坐在蓆上，墊着一小塊棉褲。她們曬着太陽，編着歌兒唱着。」分明是一幅温馨而又蓬勃的勞作圖畫。

真是一方水土養一方人。我從南幾縣走過來，在蠡縣、高陽，到處是紡線、織布。每逢集日，寒冷的早晨，大街上還冷冷清清的時候，那線子市裏已經擠滿了婦女。她們懷抱着一集紡好的線子，從家裏趕來，霜雪黏在她們的頭髮上。她們擠在那裏，急急賣出自己的線子，買回棉花，賺下的錢，再買些吃食零用，就又匆匆忙忙家去了。回家路上的太陽才融化了她們頭上的霜雪。

到端村，集日那天，我先到了蓆市上。這和高、蠡一帶的線子市，真是異曲同工。婦女們從家裏把蓆一捆捆背來，並排放下。她們對於賣出成品，也是那麼急迫，甚至有很多老太太，在乞求似的招喚着蓆販子：「看我這個來呀，你過來呀！」

她們是急於賣出蓆，再到葦市去買葦。這樣，今天她們就可解好葦，甚至軋出眉子，好趕織下集的蓆。時間就是衣食，勞動是緊張的，她們的熱情的希望永遠在勞動裏旋轉着。

在集市裏充滿熱情的叫喊、爭論。而解葦、軋眉子，則多在清晨和月夜進行。在這裏，幾乎每個婦女都參加了勞動。那些女孩子們，相貌端莊地坐在門前，從事勞作。

這裏的房子這樣低、擠、殘破。但從裏面走出來的婦女、孩子們卻生得那麼俊，穿得也很乾淨。普遍的終日的勞作，是這裏婦女可親愛的特點。她們穿得那麼講究，在門前推送着沉重的石砘子。她們的花鞋殘破，因為她們要經常在葦子上來回踐踏，要在泥水裏走路。

她們，本質上是貧苦的人。也許她們勞動是希望着一件

花布褂，但她們是這樣辛勤的勞動人民的後代。

在一片燒毀了的典當鋪的廣場上，圍坐着十幾個女孩子，她們坐在蓆上，墊着一小塊棉褥。她們曬着太陽，編着歌兒唱着。她們只十二三歲，每人每天可以織一領丈蓆。勞動原來就是集體的，集體勞動才有樂趣，才有效率，女孩子們紡線願意在一起，織蓆也願意在一起。問到她們的生活，她們説現在是享福的日子。

生活史上的大創傷是敵人在炮樓「戳」着的時候，提起來，她們就黯然失色，連説不能提了，不能提了。那個時候，是「掘地梨①」的時候，是端村街上一天就要餓死十幾條人命的時候。

敵人決堤放了水，兩年沒收成，抓夫殺人，男人也求生不得。敵人統制了葦蓆，低價強收，站在家裏等着，織成就搶去，不管你死活。

一個女孩子説：「織成一個蓆，還不能點火做飯！」還要在冰凌裏，用兩隻手去挖地梨。

她們説：「敵人如果再待一年，端村街上就沒有人了！」那天，一個放鴨子的也對我説：「敵人如果再待一年，白洋淀就沒有鴨子了！」

她們是絕處逢生，對敵人的仇恨長在。對民主政府扶植葦蓆業，也分外感激。公家商店高價收買蓆子，並代她們開

① 地梨，俗稱馬蹄，又稱地栗，因形如馬蹄，又像栗子而得名。清甜可口，自古有地下雪梨的美譽，春荒時可以充飢。

關銷路，她們的收穫很大。

　　生活上的最大變化，還是去年分得了葦田。過去，端村街上，只有幾家地主有葦。他們可以高價賣葦，賤價收蓆，踐踏着人民的勞動。每逢春天，窮人流血流汗幫地主去上泥，因此他家的葦子才長得那麼高。可是到了年關，窮人過不去，二百戶人，到地主家哀告，過了好半天，才看見在錢板上端出短短的兩戳銅子來。她們常常提說這件事！她們對地主的剝削的仇恨長在。這樣，對於今天的光景，就特別珍重。

一九四七年三月

採蒲台的葦

　　本文作於 1947 年，是作者在冀中農村工作時所寫。從標題看，本文似乎是一篇狀物的散文，文章開篇也確實是在「狀物」，描述葦的各種性質及用途，但於作者而言，這僅僅是鋪墊，文章所要重點描寫的，是和葦相聯繫的人。其實在開頭就已埋下了伏筆：「我到了白洋淀，第一個印象，是水養活了葦草，人們依靠葦生活。這裏到處是葦，人和葦結合得是那麼緊。人好像寄生在葦裏的鳥兒，整天不停地在葦裏穿來穿去。」

　　文章將葦的性質與人作比，一語雙關，所要引出的是葦塘中的英雄事跡。在敵人面前，婦女聰慧，男子堅韌，共同守衛着自己的家園。採蒲台的葦是「最好的葦」，意味着，採蒲台的人是最好的人，葦的寓意直接指向人。文章講葦及人，並不刻意，直接從眼前景物出發，「我來得早，淀裏的凌還沒有完全融化。葦子的根還埋在冰冷的泥裏，看不見大葦形成的海。我走在淀邊上，想像假如是五月，那會是葦的世界。」作家沒有趕上合適的季節觀葦，就好比沒有成為故事發生時的目擊者一樣，但作家能夠「想像」，能夠感同身受，於是自然而然展開下面所要描述的「火藥的氣息」和「無數英雄的血液的記憶」。

一處景物因一處人而美，一處景物因一處人而留下記憶，這裏的人們曾向侵略者發出寧死不屈的喊聲，「這聲音將永遠響在葦塘附近，永遠響在白洋淀人民的耳朵旁邊，甚至應該一代代傳給我們的子孫。」

我到了白洋淀，第一個印象，是水養活了葦草，人們依靠葦生活。這裏到處是葦，人和葦結合得是那麼緊。人好像寄生在葦裏的鳥兒，整天不停地在葦裏穿來穿去。

我漸漸知道，葦也因為性質的軟硬、堅固和脆弱，各有各的用途。其中，大白皮和大頭栽因為色白、高大，多用來織小花邊的炕蓆，正草因為有骨性，則多用來鋪房、填房城，白毛子只有漂亮的外形，卻只能當柴燒，假皮織籃捉魚用。

我來得早，淀裏的凌還沒有完全融化。葦子的根還埋在冰冷的泥裏，看不見大葦形成的海。我走在淀邊上，想像假如是五月，那會是葦的世界。

在村裏是一垛垛打下來的葦，它們柔順地在婦女們的手裏翻動。遠處的炮聲還不斷傳來，人民的創傷並沒有完全平復。關於葦塘，就不只是一種風景，它充滿火藥的氣息，和無數英雄的血液的記憶。如果單純是葦，如果單純是好看，那就不成為冀中的名勝。

這裏的英雄事跡很多，不能一一記述。每一片葦塘，都有英雄的傳說。敵人的炮火，曾經摧殘它們，它們無數次被火燒光，人民的血液保持了它們的清白。

最好的葦出在採蒲台。一次，在採蒲台，十幾個幹部和全村男女被敵人包圍。那是冬天，人們被圍在冰上，面對着等待收割的大葦塘。

敵人要搜。幹部們有的帶着槍，認為是最後戰鬥流血的時候到來了。婦女們卻偷偷地把懷裏的孩子遞過去，告訴他們把槍枝插在孩子的褲襠裏。搜查的時候，幹部又順手把孩

子遞給女人 …… 十二個女人不約而同地這樣做了。仇恨是一個，愛是一個，智慧是一個。

　　槍掩護過去了，闖過了一關。這時，一個四十多歲的人，從葦塘打葦回來，被敵人捉住。敵人問他：「你是八路？」「不是！」「你村裏有幹部？」「沒有！」敵人砍斷他半邊脖子，又問：「你的八路？」他歪着頭，血流在胸膛上，說：「不是！」「你村的八路大大的！」「沒有！」

　　婦女們忍不住，她們一齊沙着嗓子喊：「沒有！沒有！」

　　敵人殺死他，他倒在冰上。血凍結了，血是堅定的，死是剛強！

　　「沒有！沒有！」

　　這聲音將永遠響在葦塘附近，永遠響在白洋淀人民的耳朵旁邊，甚至應該一代代傳給我們的子孫。永遠記住這兩句簡短有力的話吧！

一九四七年三月

安新看賣蓆記

◖ 導讀

　　本文作於 1947 年 3 月，後作者的朋友從最初發表的舊報紙中抄錄出來，收入《耕堂雜錄》。在《同口舊事》中，孫犁交代了寫作這篇文章的背景：「一九四七年，我又到白洋淀一行。我雖然在《冀中導報》吃飯，並不是這家報紙的正式記者。到了安新縣，就沒有按照採訪慣例，到縣委宣傳部報到，而是住在端村冀中隆昌商店。商店的經理是劉紀，原是新世紀劇社的指導員，為人忠誠熱情，是個典型的農村知識分子。在他那裏，我寫了幾篇關於蓆民生活的文章，因為是商店，吃得也比較好。」

　　本文寫的就是公營商店隆昌號的安新蓆莊宏利號，它以「專業葦蓆漁，繁榮白洋淀」為目的，「盡力支持安新的蓆業，保證蓆民的生活和再生產。並且賤價售出糧食、葦，以增加蓆民的收入和保證他們的生活。」在過去，蓆莊會在交通困難時期，各地行商無法到來之際，趁火打劫，壓低蓆價，從中牟利，蓆民們售蓆後無法換回葦和糧食。而現在有公營商店，徹底實踐為人民服務的方針，扎扎實實改善了蓆民的生活。通過對比的方式，襯托出解放區「幸福而繁榮的」遠景。

　　作為一篇紀實性報導，作者實實在在地描寫他的所見所聞，又不流於一般性的宣傳文字，充滿人情味，內行的買手對蓆子敏銳的鑒定語言，蓆民們把蓆交了還不斷回望的動作，都使文章增色不少。

在安新集市上，蓆市是洋洋大觀，從早晨各地蓆民就背着挑着一大捆一大捆的蓆趕到集上來，平鋪陳列，擁擠異常。安新蓆以走京、衛、府、關東①為大宗，此外走伍仁橋，則供應冀中上地農民使用，為量較小。

現在正趕上河路的「產期」，凌未完全融化，而已經不能行使拖牀，在交通上是一年中頂困難的時期，各地行商不能到來，因此這幾集的蓆，出售很成問題。

蓆民主要依靠蓆子生活，賣出蓆，才能買回葦和一集的食糧，對織好的蓆是急於出售，那種迫切的情形，在別的市場上是很少見的。

不難想像，在過去，一些大蓆莊，是會利用蓆民這嚴重的困難，儘量壓低蓆價，借牟大利，蓆民不能不忍痛拋售。

現在，以「專業葦蓆漁，繁榮白洋淀」為目的的我們的公營商店隆昌號，卻從各地調款來，盡力支持安新的蓆業，保證蓆民的生活和再生產。並且賤價售出糧食、葦，以增加蓆民的收入和保證他們的生活。

過去我不了解，一個商店，怎樣為人民服務，但自從看了今天的蓆市的情形，才知道他們任務的重大，和值得感動的幹部的熱情。

我在隆昌號的安新蓆莊宏利號，會見了負責同志，他對我要在蓆市上停留一天，非常滿意。他說，你看看蓆民的情

---

① 京、衛、府、關東，京指北京；衛指天津，天津又稱天津衛；府指保定；關東指東北各省。

形吧，有人怪我們為甚麼把蓆價抬得這麼高，以致虧本，可是你要看見蓆民的情形，就不能不這樣做，我有點「恩賜」觀點……

自然，十年戰爭，我們有了很多新的社會關係和新的感情。但一個蓆店老闆對蓆民發生這種息息相關的感情，在我卻是異常新鮮的事。

我到蓆市上去了。蓆民們正在三三兩兩，議論着今天沒有行市，大為發愁。他們不時到宏利的院裏探聽，今天蓆店是不是收買？在他們困難的時候，立時就會想到公家商店的幫助，我想這就是宏利蓆店過去工作的成績。

他們搬來搬去，總想把自己的蓆放在第一個能出售的地方，那些婦女們也是這樣做。他們等候着蓆店收買人的出場，簡直像觀眾等待着鑼鼓開台，好角出場，自然，那迫切程度，更甚於此。

宏利蓆店的經理和店員們，則像決定一件政策一樣開了簡短的會議。雖然他們已經在收蓆上賠了很大一筆款子，但他們全能理解到這就是工作上的收穫，這就是實踐了為人民服務的方針。因此，他們決定這一集，還是儘量收買，不低落價錢。在蓆民 —— 貿易上的對象青黃不接時，熱情負責地拉一把，這就是我們商店的特色。

當蓆店的買手一出場，蓆民們紛紛擁上包圍，另外就有很多人背上自己的蓆，跟在買手後面，看他在哪地方開始。買手一手提着印號籃子，一手拿着一個活尺，被蓆民們蜂擁着走到場裏來。

開始收買了，由蓆民們一張張往上舉着蓆，買手過目，

並有時用尺子排排尺寸。蓆民們圍得風雨不透，看着那蓆子的成色，等候開市的價格。買手一邊說着價格，就用那大戳子在蓆角標工了價碼和印記，常常比爭論着的價錢高出一百元，出售了的蓆民就趕緊捲起蓆子到蓆店去取款。

第一個價錢立時就在蓆民間傳開了：「五千五！」

挨次收買，那些一時走不到的地方，蓆民們就焦急地等待着。那裏等待真是焦急，有的乾脆就躺在蓆子上閉起眼睛來。

買手對蓆是那樣內行，一過眼就看出了蓆的成色，嘴裏不斷說着：「葦色不錯。」「織的草。」「一樣的葦還有不一樣織手哩！」他一過目，就對蓆提出了確切的批評，因此蓆民都嘻嘻地笑着，叫他看着畫價錢。

蓆市，在安新不知道出現若干年代了，在北門外就有一個碑亭，記載着織蓆的沿革。我不知怎麼想起，在若干年代，蓆民到這裏賣蓆，是有無限的辛酸與難言之痛的。

出售的是他的妻子或女兒的手藝，他們雖然急於求售，但對自己的蓆充滿無限情感。我看見他們把蓆交了，還不斷回頭望看，才到會計科去支款，自然家裏的妻子兒女，所盼望的是一集的食糧，但也不會一時就忘掉她們那蓆上的細密的花紋吧！

老於此行的同志，也曾向我說明，不要只看這一集，如果是京幫、衛幫的人下來了，「推小車的來了」，蓆民的情形，會大大不同。

但我總以為，在過去，因為蓆民沒有一種固定的組合，趕集拋售，總是很艱難的。他們擁擠着買手去看他們的蓆，

去年我們有一個年老的買手，因為叫他們拖來拖去，拖病了半個月，衣裳扯爛了，那是平常事。

現在我們的公營商店，儘量研究，打通外區和內地的銷路，使蓆子暢銷，並幫助他們提高質量，和其他沿海產的蓆子競賽。

看到中午，我以為可以回去了，但宏利的負責同志一定要我等到太陽平西。到那時，賣不出蓆子的蓆民，會找上門來，一定要你收買，蓆店雖然款已用光，還得想法叫他們能買葦和糧食回去。

這樣，我就覺得，宏利蓆店就不只是一種商業組織，定會成為蓆民自己的一種組織。在這個血肉相關的基礎上，可以看出安新蓆民生活，蓆民組織和安新蓆業的遠景，那遠景是幸福而繁榮的。

一九四七年三月

一別十年同口鎮

導讀

　　本文作於 1947 年 5 月，是作者於冀中農村工作時在端村寫就的，後收入《農村速寫》。端村就是《織蓆記》裏記載的那個村子；而本文的同口鎮是《白洋淀邊一次小鬥爭》裏，作者提及要去送信的地方。同口、端村，孫犁都很熟悉，1945 年，他在《白洋淀》中曾提到當時的形勢，說如果敵人在同口安上據點，那就和端村構成一條線了，為了應對這種情況，孫犁第一個報名參加當時剛成立的「地區隊」。

　　《一別十年同口鎮》，如題目所言，講述的是同口鎮的今昔，時間跨度是十個年頭。在這十年裏，作者認為，「一個村鎮這樣的兌蛻變化，卻是千百年所不遇」。他所指的不是村鎮外觀的變化，外觀並沒有甚麼變化，「街裏，還到處是葦皮，蘆花，鴨子，泥濘，低矮緊擠的房屋，狹窄的夾道和家家迎風擺動的破門簾。」變化最明顯的是農民的生活與地位的改變，往前說，有日軍的侵犯，「同口是組織抗日力量的烽火台之一」；往近說，經過了土地改革，農民們分得了葦田，也搬進了過去的軍閥、地主、豪紳的空房子。

　　行文中，作者從小處着眼，描述農民一成不變的質樸，他們不住正房，「說住不慣那麼大的房子，那住起來太空也太冷」。他

們有的還是「破布門簾」、「柴草」、「葦子」，用他們生平所有來裝飾那裏的「華貴的門框」、「窗子」，「在方磚和洋灰鋪成的院子裏，曬着太陽織蓆」，他們還保持着日常辛勤的勞作習慣。

　　與此相比，那些被清算的地主，「生活」儘管「還好得多」，卻「向我抱怨了村幹部，哭了窮」。作者用一些細節來證明他們的好生活，如牆上的裝飾是「鮮豔的美女畫片」，「炕上的被褥還是紅紅綠綠」，青年婦女「臉上還擦着脂粉」，尤其是地主們的兒子，「則還有好些長袍大褂，遊遊蕩蕩在大街之上和那些聲氣相投的婦女勾勾搭搭」，「和過去我所習見的地主子弟，並沒有分別」。當然也有變好了的，有進步的富農正盡力轉變着自己的生活方式，作者對此給予了高度的肯定。

　　文章立足當下，冷靜客觀地描述同口鎮十年裏的變化，寫農民的變化卻不忘寫農民的本分，寫地主變化的不徹底，卻也不忽略那些進步的富農們。孫犁以其精煉的筆觸描摹了經歷動盪時代洗禮後最複雜的人性面貌，觀察敏銳，不迴避事實，不漏掉細節，對人性始終懷有一份溫婉的寬容。

十年前，我曾在安新同口當了一年小學教員，就是那年，偉大的人民抗日戰爭開始了，同口是組織抗日力量的烽火台之一，在抗日歷史上永遠不會湮沒。

　　這次到白洋淀，一別十年的舊遊之地，給我很多興奮，很多感觸。想到十年戰爭時間不算不長，可是一個村鎮這樣的兌蛻變化，卻是千百年所不遇。

　　我清晨從高陽出發，越過一條堤，便覺到天地和風雲都起了變化，堤東地勢低下，是大窪的邊沿，雲霧很低，風聲很急，和堤西的高爽，正成一個對照。

　　順堤走到同口村邊，已經是水鄉本色，凌皮已經有些地方解凍，水色清澈得發黑。有很多拖牀正在繞道行走。村邊村裏，房上地下，都是大大小小的葦垛，真是山堆海積。

　　水的邊沿正有很多農民和兒童，掏掘殘存的葦子和地邊的硬埂，準備播種；船工正在替船家修理船隻，斧鑿叮咚。

　　街裏，還到處是葦皮，蘆花，鴨子，泥濘，低矮緊擠的房屋，狹窄的夾道和家家迎風擺動的破門簾。

　　這些景象，在我的印象裏淡淡沖過，一個強烈的聲音，在我心裏叩問：人民哩，他們的生活怎樣了？

　　我利用過去的關係，訪問了幾個家庭。我在這裏教書時，那些窮苦的孩子們，那些衣衫破爛羞於見老師的孩子們，很多還在火線上。他們的父母，很久才認出是我，熱情真摯地和我訴說了這十年的同口鎮的經歷，並說明他們的孩子，都是二十幾歲的人了，當着營長或教導員。他們忠厚地感激我是他們的先生，曾經教育了他們。我說，我能教給他們甚麼呢，是他們教育了自己。是貧苦教育了他們。他們的父兄，代替了那些紳士地主，負責了村裏的工作，雖然因為

複雜，工作上有很多難題，可是具備無限的勇氣和熱心，這也是貧苦的一生教育了他們。

那些過去的軍閥、地主、豪紳，則有的困死平津，有的仍縱慾南京上海，有的已被清算。他們那些深宅大院，則多半為敵人在時拆毀，敵人在有名的「二班」家的遊息花園修築了炮樓，利用了宅內可用的一切，甚至那裏埋藏着的七副柏樹棺木。村民沒有動用他們的一磚一瓦，許多貧民還住在那低矮的小屋。

過去，我雖然是本村高級小學的教員，但也沒有身份去到陳調元大軍閥的公館觀光，只在黃昏野外散步的時候，看着那青磚紅牆，使我想起了北平的景山前街。那是一座皇宮，至少是一座王爺府。他竟從遠遠的地方，引來電流，使全宅院通宵火亮，對於那在低暗的小屋子裏生活的人民是一種威脅，一種鎮壓。

誰能知道一個村莊出產這樣一個人物在同村的男女中間引起甚麼心理上的影響？但知道，在那個時候，雖然是這樣的勢派氣焰，農民卻很少提起陳調元，農民知道把自己同這些人劃分開。

土地改革後，沒有房住的貧苦軍屬，進住了陳調元的住宅，我覺得這時可以進去看看了。我進了大門，那些窮人們都一家家地住在陳宅的廂房裏、下房裏，寬敞的五截正房都空着。我問那些農民，為甚麼不住正房，他們說住不慣那麼大的房子，那住起來太空也太冷。這些房子原來設備的電燈、木器、牀帳，都被日本毀壞了。窮人們把自家帶來的破布門簾掛在那樣華貴的門框上，用柴草堵上窗子。院裏堆着葦子，在方磚和洋灰鋪成的院子裏，曬着太陽織蓆。他們按

着他們多年的勞動生活的習慣，安置了他們的房間，利用了這個院子。

他們都分得了地種，從這村一家地主，就清算出幾十頃葦田。我也到了幾家過去的地主家裏，他們接待我，顯然還是習慣的冷漠，但他們也向我抱怨了村幹部，哭了窮。但據我實際了解，他們這被清算了的，比那些分得果實的人，生活還好得多。從這一切的地方可以看出，從房舍內，他們的牆上，還有那些鮮豔的美女畫片，炕上的被褥還是紅紅綠綠，那些青年婦女，臉上還擦着脂粉，在人面前走過，不以為羞。我從南幾縣走過來，我很少看見擦脂抹粉的人了。

這些脂粉，可以説是殘餘的東西，如同她們腳下那些緞「花鞋」。但證明，農民並沒有清算得她們過分。土地改革了，但在風雪的淀裏咚咚打冰的，在泥濘的街上，坐着織蓆的，還是那些原來就貧窮的人和他們的孩子們。而這些地主們的兒子，則還有好些長袍大褂，遊遊蕩蕩在大街之上和那些聲氣相投的婦女勾勾搭搭。我覺得這和過去我所習見的地主子弟，並沒有分別，應該轉變學習勞動，又向誰訴的甚麼苦！

進步了的富農，則在盡力轉變着生活方式，陳喬同志的父親、母親、妹妹在晝夜不息地捲着紙煙，還自己成立了一個煙社，有了牌號，我吸了幾支，的確不錯。他家沒有勞動力，賣出了一些地，幹起這個營生，生活很是富裕。我想這種家庭生活的進步，很可告慰我那在遠方工作的友人。

一九四七年五月於端村

訪舊

導讀

　　1947 年，作者曾隨工作團在博野縣進行土改試點，住在大西章村，有一位房東大娘，給他留下了深刻的印象。1953 年，作者去安國下鄉，順便去看望了大娘一家，寫下這篇《訪舊》。文章從當下的情景寫起，繼而追憶當年和大娘一家共度的日子，隨即一句自然的詢問，「不知大娘現在怎樣，她的兒子到底有了音訊沒有？」引入到這一次會面，描述大娘一家五年裏的變化，以及大娘對「我」一成不變的熱情態度。

　　據孫犁《〈善闇室紀年〉摘抄》，本文所寫「非紀實也」。孫犁先生其實對大娘一家有兩次回訪，上一次在工作團結束，而兩次回訪似乎都不太愉快。具體情形孫犁先生曾記錄如下：「工作團結束，我對這一家戀戀不捨，又單獨搬回她家住了幾天。大娘似很為難，我即離去」；「不知何故，大娘對我已大非昔比，勉強吃了頓飯，還是我掏錢買的菜。」作者剖析了原因：「農民在『運動』期間，對工作人員表示熱情，要之不得盡往自己身上拉。工作組一撤，臉色有變，亦不得謂對自己有甚麼惡感。」

　　可見，《訪舊》寄託的是一種美好的願望，他渴望維繫人與人之間淳樸的感情。正因為如此，才有《〈善闇室紀年〉摘抄》所錄，中斷的交往得以繼續，「後數年，因小金教書，講我寫的課文，寫信來，並寄贈大娘照片。我覆信，並寄小說一冊。」

十幾年的軍事性質的生活，四海為家。現在，每當安靜下來，許多房東大娘的影子，就像走馬燈一樣，在我的記憶裏轉動起來。我很想念她們，可是再見面的機會，是很難得的。

去年，我下鄉到安國縣，所住的村子是在城北，我想起離這裏不遠的大西章村來。這個村莊屬博野縣，五年以前我在那裏做土地覆查工作，有一位房東大娘，是很應該去探望一下的。

我順着安國通往保定的公路走，過了羅家營，就是大西章，一共十五里路。昨天夜裏下了雪，今天天晴了，公路上是膠泥，又黏又滑。我走得很慢，回憶很多。

那年到大西章做覆查的是一個工作團，我們一個小組四個人，住在這位大娘的家裏。大娘守寡，大兒子去參軍了，現在她守着一個女兒和一個小兒子過日子，女兒叫小紅，小兒子叫小金。她的日子過得是艱難的，房子和地都很少，她把一條堆積雜亂東西的炕給我們掃出來。

大兒子自從參軍以後，已經有六七年了，從沒有來過一封信。大娘整個的心情都懸在這一件事上，我們住下以後，她知道我在報社工作，叫我在報紙上登個打聽兒子的啟事，我立時答應下來，並且辦理了。

大娘待我就如同一家人，甚至比待她的女兒和小兒子還要好。每逢我開完會，她就悄悄把我叫到她那間屋裏，打開一個手巾包，裏面是熱騰騰的白麵餅，裹着一堆炒雞蛋。

我們從麥收一直住到秋收，天熱的時候，我們就到房頂上去睡。大娘鋪一領蓆子，和孩子們在院裏睡。在房頂上

睡的時候，天空都是很晴朗的，小組的同志們從區上來，好
說些笑話，猜些謎語，我仰面聽着，滿天星星像要落在我的
身上。我一翻身，可以看見，院裏的兩個孩子都香甜地睡着
了，大娘還在蓆上坐着。

「你看看明天有雨沒有？」大娘對我說。

「一點點雲彩也沒有。」我說。

「往正南看看，是大瓶灌小瓶，還是小瓶灌大瓶？」
她說。

那是遠處的兩個並排的星星，一大一小。因為離得很
遠，又為別的星星閃耀，我簡直分辨不出，究竟是哪一個在
灌哪一個。

「地裏很旱了。」大娘說。

那時根據地周圍不斷作戰，炮聲在夜晚聽得很真，大
娘一聽到炮聲，就要爬到房上來，一直坐在房簷上，靜靜地
聽着。

「你聽聽，是咱們的炮，還是敵人的炮？」大娘問我。

「兩邊的炮都有。」我說。

「仔細聽聽，哪邊的厲害。」大娘又說。

「我們的厲害。」我說。

還有別的人，能像一個子弟兵的母親，那樣關心我們戰
爭的勝敗嗎？

工作完了，我要離開的時候，大娘沒見到我。她煮好十
個雞蛋，叫小金抱着追到村邊上，硬給我裝到車子兜裏。同
年冬天，她叫小紅給我做了一雙棉鞋，她親自送到報社裏，
可惜我已經調到別處去了。

不知大娘現在怎樣，她的兒子到底有了音訊沒有？

我走到大西章村邊，人們正在修理那座大石橋，我道路很熟，穿過菜園的畦徑，沿着那個大水坑的邊緣，到了大娘的家裏。

院裏很安靜，還像五年前一樣，陽光照滿這小小的庭院。靠近北窗，還是栽着一架細腰葫蘆，在架下面，一個十八九歲的女孩子在納鞋底兒。院裏的雞一叫喚，她抬頭看見了我，驚喜地站起來了。

這是小紅，她已經長大成人，發育出脫得很好，她的臉上安靜又幸福。只有剛剛訂了婚並決定了娶的日子，女孩子們的臉上，才流露這種感情。她把鞋底兒一扔，就跑着叫大娘去了。

大娘把我當做天上掉下來的人，不知道抓甚麼好。

大娘還很健康。

她說大兒子早就來信了，現在新疆。不管多遠吧，有信她就放心了。兒子在外邊已經娶了媳婦，她摘下牆上的相片給我看。

她打開櫃，抱出幾個大包袱，解開說：

「這是我給小紅製的陪送，一進臘月，就該娶了。你看看行不行。」

「行了，這衣服多好啊！」我說。

大娘又找出小紅的未婚夫的相片，問我長得怎樣。這時小紅已經上了機子，這架用手頓的織布機，是那年覆查的時候分到的。小紅上到機子上，那隻手頓得可有力量。大娘說：

「我叫她在出聘前，趕出十個布來，雖說洋布好買了。可是掛個門簾、做個被褥甚麼的，還是自己織的布結實。你知道，小紅又會織花布。」

吃晌午飯的時候，小金從地裏回來，小金也長大了，參加了互助組。現在，大娘是省心多了。

一九五三年八月二十七日

黃 鸝
—— 病 期 瑣 事

導讀

　　本文作於 1962 年，後收入《晚華集》。本文的副標題是「病期瑣事」，意思是生病期間繁雜瑣碎的事，點明了事情發生的時間與性質，而通觀全文，作者的視野並未局限於此。文章行文圍繞「黃鸝」展開，黃鸝為作者病期所遇之物，在童年未曾見，而在抗日戰爭期間見過，於回憶中開篇，時間就由病期往前延伸開來；「病期瑣事」共記載了三件，一為我每日觀賞樓下的黃鸝；二為我勸説病友不要射殺黃鸝；三為我在鳥市看到有人折磨黃鸝。三件事均與黃鸝相關，瑣事的性質並不零碎，即便是中間嵌套的以獵殺海鷗為樂的小故事，也是為了烘托病友善解人意的品質，並無贅筆。

　　文章寫黃鸝的美好狀態與困難處境，前後對比，組織精妙。抗日戰爭期間，「在茅屋後面或是山腳下的叢林裏」，黃鸝的叫聲「尖利」、「富有召喚性和啟發性」，牠們飛起來「迅若流星」、「忽隱忽現」、「金黃的羽毛上映照着陽光」。在生病療養期間，樓下飛來了兩隻黃鸝，在楊樹林裏安居，作者「一聽到牠們叫喚，心裏就很高興」。最終鳥兒被病友的獵槍嚇走，「竟一去不返」。再次見到黃鸝是在鳥市，黃鸝被人「繫在一根木棍上，一會兒懸空吊着，一會兒被拉上來」，被玩弄的黃鸝羽毛「焦黃」，神氣「悽慘」。

在感歎黃鸝喪失了自己的廣闊天地之後，作者第二年春天遊太湖，為眼前景物所觸動，體會到「景物一體」的「極致」概念：「虎嘯深山，魚游潭底，駝走大漠，雁排長空」，並引申道，「這正是在藝術上不容易遇到的一種境界」，似乎是對個人所經歷的某種自由狀態的追憶。

這種鳥兒，在我的家鄉好像很少見。童年時，我很迷戀過一陣捕捉鳥兒的勾當。但是，無論春末夏初在麥苗地或油菜地裏追逐紅靛兒，或是天高氣爽的秋季，奔跑在柳樹下面網羅虎不拉兒的時候，都好像沒有見過這種鳥兒。牠既不在我那小小的村莊後邊高大的白楊樹上同鷔雞兒一同鳴叫，也不在村南邊那片神祕的大葦塘裏和葦咋兒一塊築窠。

初次見到牠，是在阜平縣的山村。那是抗日戰爭期間，在不斷的炮火洗禮中，有時清晨起來，在茅屋後面或是山腳下的叢林裏，我聽到了黃鸝的尖利的、富有召喚性和啟發性的啼叫。可是，牠們飛起來，迅若流星，在密密的樹枝樹葉裏忽隱忽現，常常是在我仰視的眼前一閃而過，金黃的羽毛上映照着陽光，美麗極了，想多看一眼都很困難。

因為職業的關係，對於美的事物的追求，真是有些奇怪，有時簡直近於一種狂熱。在戰爭不暇的日子裏，這種觀察飛禽走獸的閒情逸致，不知對我的身心情感，起着甚麼性質的影響。

前幾年，終於病了。為了療養，來到了多年嚮往的青島。春天，我移居到離海邊很近，只隔着一片楊樹林窪地的一幢小樓房裏。有很長的一段時間，我一個人住在這裏，清晨黃昏，我常常到那楊樹林裏散步。有一天，我發現有兩隻黃鸝飛來了。

這一次，牠們好像喜愛這裏的林木深密幽靜，也好像是要在這裏產卵孵雛，並不匆匆離開，大有在這裏安家落戶的意思。

每天，天一發亮，我聽到牠們的叫聲，就輕輕打開窗

簾，從樓上可以看見牠們互相追逐，互相逗鬧，有時候看得淋漓盡致，對我來說，這真是飽享眼福了。

觀賞黃鸝，竟成了我的一種日課。一聽到牠們叫喚，心裏就很高興，視線也就轉到楊樹上，我很擔心牠們一旦要離此他去。這裏是很安靜的，甚至有些近於荒涼，牠們也許會安心居住下去的。我在樹林裏徘徊着，仰望着，有時坐在小石凳上諦聽着，但總找不到牠們的窠巢所在，牠們是怎樣安排自己的住室和產房的呢？

一天清晨，我又到樹林裏散步，和我患同一種病症的史同志手裏拿着一支獵槍，正在瞄準樹上。

「打甚麼鳥兒？」我趕緊過去問。

「打黃鸝！」老史興致勃勃地説，「你看看我的槍法。」

這時候，我不想欣賞他的槍技，我但願他的槍法不準。他瞄了一會兒，黃鸝發覺飛走了。乘此機會，我以老病友的資格，請他不要射擊黃鸝，因為我很喜歡這種鳥兒。

我很感激老史同志對友誼的尊重。他立刻答應了我的要求，沒有絲毫不平之氣。並且説：「養病麼，喜歡甚麼就多看看，多聽聽。」

這是真誠的同病相憐。他玩獵槍，也是為了養病，能在興頭兒上照顧旁人，這種品質不是很難得嗎？

有一次，在東海岸的長堤上，一位穿皮大衣戴皮帽的中年人，只是為了討取身邊女朋友的一笑，就開槍射死了一隻迴翔在天空的海鷗。一羣海鷗受驚遠颺，被射死的海鷗落在海面上，被怒濤拍擊漂捲。勝利品無法取到，那位女人請在海面上操作的海帶培養工人幫助打撈，工人們憤怒地掉

頭划船而去。這給我留下了深刻的印象。回到房子裏，無可奈何地寫了幾句詩，也終於沒有完成，因為契訶夫在好幾種作品裏寫到了這種人。我的筆墨又怎能更多地為他們的業績生色？在他們的房間裏，只掛着契訶夫為他們寫的褒詞就夠了。

惋惜的是，我的朋友的高尚情誼，不能得到這兩隻驚弓之鳥的理解，牠們竟一去不返。從此，清晨起來，白楊蕭蕭，再也聽不到那種清脆的叫聲。夏天來了，我忙着到浴場去游泳，漸漸把牠們忘掉了。

有一天我去逛鳥市。那地方賣鳥兒的很少了，現在生產第一，遊閑事物，相應減少，是很自然的。在一處轉角地方，有一個賣鳥籠的老頭兒，坐在一條板凳上，手裏玩弄着一隻黃鸝。黃鸝繫在一根木棍上，一會兒懸空吊着，一會兒被拉上來。我站住了，我望着黃鸝，忽然覺得牠的焦黃的羽毛，牠的嘴眼和爪子，都帶有一種悽慘的神氣。

「你要嗎？多好玩兒！」老頭兒望望我問了。

「我不要。」我轉身走開了。

我想，這種鳥兒是不能飼養的，牠不久會被折磨得死去。這種鳥兒，即使在動物園裏，也不能從容地生活下去吧，牠需要的天地太寬闊了。

從此，有很長一段時間，我不再想起黃鸝。第二年春季，我到了太湖，在江南，我才理解了「雜花生樹，羣鶯亂飛」這兩句文章的好處。

是的，這裏的湖光山色，密柳長堤；這裏的茂林修竹，

桑田葦泊，這裏的乍雨乍晴的天氣，使我看到了黃鸝的全部美麗，這是一種極致。

是的，牠們的啼叫，是要伴着春雨、宿露，牠們的飛翔，是要伴着朝霞和彩虹的。這裏才是牠們真正的家鄉，安居樂業的所在。

各種事物都有它的極致。虎嘯深山，魚游潭底，駝走大漠，雁排長空，這就是牠們的極致。

在一定的環境裏，才能發揮這種極致。這就是形色神態和環境的自然結合和相互發揮，這就是景物一體。典型環境中的典型性格，也可以從這個角度來理解吧。這正是在藝術上不容易遇到的一種境界。

一九六二年四月

某村舊事

　　本文寫的是孫犁 1946 年在蠡縣劉村下鄉時的所遇所見，後收入《晚華集》。本文重點描寫了作者接觸的幾位農民：「勤快活潑」的錫花，「非常質樸的貧苦農民」老傭人，「頗有心計」的婦救會主任的婆母，一個鬥志「已經消磨盡了」的老戰友松年。作家在寫每一個人物的時候，均從自己和他們的交往經歷寫起，並交代每個人的結局，善始善終，儘量使讀者獲取一個人的完整形象，並加入作者的反思。

　　孫犁非常讚歎魯迅先生的白描手法，「對話、心理、環境和服裝，都緊緊扣在人物的行動性格上。一切描寫敍述都在顯示人物的形象，絕不分散甚或掩蔽人物的形象。」（《魯迅的小說》）在本文中，作者大量運用白描，均從典型的描寫中得出印象與判斷，寫錫花，「她高高的個兒，顏面和頭髮上，都還帶着明顯的稚氣，看來也不過十七八歲。」寫錫花父親，「有四十來歲，服飾不像一個農民，很像一個從城市回家的商人，臉上帶着酒氣，不好說話，在人面前，好像做了甚麼錯事似的。」寫錫花的祖父，「很活躍，不像一個七十來歲的老人，黑乾而健康的臉上，笑容不斷」，「很像是一個牲口經紀或賭場過來人。」

　　《某村舊事》既有白描之簡練，又有渲染之工細。比如，關

於婦救會主任的描述,「蓋着耀眼的紅綾大被,兩隻白皙豐滿的膀子露在被頭外面,就像陳列在紅絨襯布上的象牙雕刻一般。」再如,作者對老戰友溫柔之鄉的描述,「房間裱糊得如同雪洞一般,陽光照在新糊的灑過桐油的窗紙上,明亮如同玻璃。一張張用紅紙剪貼的各色花朵,都給人一種溫柔之感。」寥寥數筆,渲染出安逸又帶着奢靡、腐朽的氛圍。

孫犁自道,「一生行止,都是被時代所推移,順潮流而動作」(《〈善闇室紀年〉序》),與此相應,他記下的卻是對人性的最普遍的關注與探尋。

一九四五年八月，日寇投降，我從延安出發，十月到渾源，休息一些日子，到了張家口。那時已經是冬季，我穿着一身很不合體的毛藍粗布棉衣，見到在張家口工作的一些老戰友，他們竟是有些「城市化」了。做財貿工作的老鄧，原是我們在晉察冀工作時的一位詩人和歌手，他見到我，當天夜晚把我帶到他的住處，燒了一池熱水，叫我洗了一個澡，又送我一些錢，叫我明天到早市買件襯衣。當年同志們那種同甘共苦的熱情，真是值得懷念。

第二天清晨，我按照老鄧的囑咐到了攤販市場。那裏熱鬧得很，我買了一件和我的棉衣很不相稱的「綢料」襯衣，還買了一條日本的絲巾圍在脖子上，另外又買了一頂口外的狸皮冬帽戴在頭上。路經宣化，又從老王的牀鋪上扯了一條粗毛毯，一件日本軍用黃呢斗篷，就回到冀中平原上來了。

這真是勝利歸來，洋洋灑灑，連續步行十四日，到了家鄉。在家裏住了四天，然後，在一個大霧瀰漫的早晨，到蠡縣縣城去。

冬天，走在茫茫大霧裏，像潛在又深又冷的渾水裏一樣。但等到太陽出來，就看見村莊、樹木上，滿址霜雪，那也真是一種奇景。那些年，我是多麼喜歡走路行軍！走在農村的、安靜的、平坦的道路上，人的思想就會像清晨的陽光，猛然投射到披滿銀花的萬物上，那樣閃耀和清澈。

傍晚，我到了縣城。縣委機關設在城裏原是一家餞莊的大宅院裏，老梁住在東屋。

梁同志樸實而厚重。我們最初認識是一九三八年春季，我到這縣組織人民武裝自衞會，那時老梁在縣裏領導着一個

劇社。但熟起來是在一九四二年，我從山地回到平原，幫忙編輯《冀中一日》的時候。

一九四三年，敵人在晉察冀持續了三個月的「大掃蕩」。在繁峙境，我曾在戰爭空隙，翻越幾個山頭，去看望他一次。那時他正跟隨西北戰地服務團行軍，有任務要到太原去。

我們分別很久了。當天晚上，他就給我安排好了下鄉的地點，他叫我到一個村莊去。我在他那裏，見到一個身材不高管理文件的女同志，老梁告訴我，她叫銀花，就是那個村莊的人。她有一個妹妹叫錫花，在村裏工作。

到了村裏，我先到錫花家去。這是一家中農。錫花是一個非常熱情、爽快、很懂事理的姑娘。她高高的個兒，顏面和頭髮上，都還帶着明顯的稚氣，看來也不過十七八歲。中午，她給我預備了一頓非常可口的家鄉飯：煮紅薯、炒花生、玉茭餅子、雜麪湯。

她沒有母親，父親有四十來歲，服飾不像一個農民，很像一個從城市回家的商人，臉上帶着酒氣，不好説話，在人面前，好像做了甚麼錯事似的。在縣城，我聽説他不務正業，當時我想，也許是中年鰥居的緣故吧。她的祖父卻很活躍，不像一個七十來歲的老人，黑乾而健康的臉上，笑容不斷，給我的印象，很像是一個牲口經紀或賭場過來人。他好唱崑曲，在我們吃罷飯休息的時候，他拍着桌沿，給我唱了一段《藏舟》。這裏的老一輩人，差不多都會唱幾口崑曲。

我住在這一村莊的幾個月裏，錫花常到我住的地方看我，有時給我帶些吃食去。她擔任村裏黨支部的委員，有時

也徵求我一些對村裏工作的意見。有時，我到她家去坐坐，見她總是那樣勤快活潑。後來，我到了河間，還給她寫過幾回信，她每次回信，都談到她的學習。我進了城市，音問就斷絕了。

這幾年，我有時會想起她來，曾向梁同志打聽過她的消息。老梁說，在一九四八年農村整風的時候，好像她家有些問題，被當做「石頭」搬了一下。農民稱她家為「官鋪」，並編有歌謠。錫花倉促之間，和一個極普通的農民結了婚，好像也很不如意。詳細情形，不得而知。乍聽之下，為之默然。

我在那裏居住的時候，接近的羣眾並不多，對於幹部，也只是從表面獲得印象，很少追問他們的底細。現在想起來，雖然當時已經從村裏一些主要幹部身上，感覺到一種專橫獨斷的作風，也只認為是農村工作不易避免的缺點，在錫花身上，連這一點也沒有感到。所以，我還是想：這些民憤，也許是她的家庭別的成員引起的，不一定是她的過錯。至於結婚如意不如意，也恐怕只是局外人一時的看法。感情的變化，是複雜曲折的，當初不如意，今天也許如意。很多人當時如意，後來不是竟不如意了嗎？但是，這一切都太主觀，近於打板搖卦了。我在這個村莊，寫了《鐘》、《藏》、《碑》三篇小說。在《藏》裏，女主人公借用了錫花這個名字。

我住在村北頭姓鄭的一家三合房大宅院裏，這原是一家地主，房東是幹部，不在家，房東太太也出去看望她的女兒了。陪我做伴的，是他家一個老傭人。這是一個在農村被

認為缺個魂兒、少個心眼兒，其實是非常質樸的貧苦農民。他的一隻眼睛不好，眼淚不停止地流下來，他不斷用一塊破布去擦抹。他是給房東看家的，因而也幫我做飯。沒事的時候，也坐在椅子上陪我說說話兒。

有時，我在寬廣的庭院裏散步，老人靜靜地坐在台階上，夜晚，我在屋裏地下點一些秫秸取暖，他也蹲在一邊取火抽煙。他的形象，在我心裏，總是引起一種極其沉重的感覺。他孤身一人，年近衰老，尚無一瓦之樓，一壟之地。無論在生活和思想上，在他那裏，還沒有在其他農民身上早已看到的新的標誌。一九四八年平分土地以後，不知他的生活變得怎樣了，祝他晚境安適。

在我的對門，是婦救會主任家。我忘記她家姓甚麼，只記得主任叫志揚，這很像是一個男人的名字。丈夫在外面做生意，家裏只有她和婆母。婆母外表黑胖，頗有心計，這是我一眼就看出來的。我初到鄭家，因為村幹部很是照顧，她以為來了甚麼重要的上級，親自來看過我一次，顯得很親近，一定約我到她家去坐坐。第二天我去了，是在平常人家吃罷早飯的時候。她正在院裏打掃，這個庭院顯得整齊富裕，門窗油飾還很新鮮，她叫我到兒媳屋裏去，兒媳也在屋裏招呼了。我走進西間裏，看見婦救會主任還沒有起牀，蓋着耀眼的紅綾大被，兩隻白晳豐滿的膀子露在被頭外面，就像陳列在紅絨襯布上的象牙雕刻一般。我被封建意識所拘束，急忙卻步轉身。她的婆母卻在外間吃吃笑了起來，這給我的印象頗為不佳，以後也就再沒到她家去過。

有時在街上遇到她婆母，她對我好像也非常冷淡下來

了。我想，主要因為，她看透我是一個窮光蛋，既不是騎馬的幹部，也不是騎車子的幹部，而是一個穿着粗布棉衣，挾着小包東遊西晃、溜溜達達的幹部。進村以來，既沒有主持會議，也沒有登台講演，這種幹部，叫她看來，當然沒有甚麼作為，也主不了村中的大計，得罪了也沒關係，更何必巴結鑽營？

後來聽老梁說，這家人家在一九四八年冬季被鬥爭了。這一消息，沒有引起我任何驚異之感，她們當時之所以工作，明顯地帶有投機性質。

在這村，我遇到了一位老戰友。他的名字，我起先忘記了，我的愛人是「給事中[①]」，她告訴我這個人叫松年。那時他只有二十五六歲，瘦小個兒，聰明外露，很會說話，我愛人只見過他一兩次，竟能在十五六年以後，把他的名字衝口說出，足見他給人印象之深。

松年也是鄭家支派。他十幾歲就參加了抗日工作，原在冀中區的印刷廠，後調阜平《晉察冀日報》印刷廠工作。我倆工作經歷相仿，過去雖未見面，談起來非常親切。他已經脫離工作四五年了。他父親多病，娶了一房年輕的繼母，這位繼母足智多謀，一定要兒子回家，這也許是為了兒子的安全着想，也許是為家庭的生產生活着想。最初，松年不答應，聲言以抗日為重。繼母遂即給他說好一門親事，娶了過來，枕邊私語，重於詔書。新媳婦的說服動員工作很見

① 給事中，古代官職，此處作者形容愛人消息靈通，很多事情都了解。

功效，松年在新婚之後，就沒有回山地去，這在當時被叫做「脫鞋」——「妥協」或開小差。

時過境遷，松年和我談起這些來，已經沒有慚詐不安之情，同時，他也許有了甚麼人生觀的依據和現實生活的體會吧，他對我的抗日戰士的貧苦奔波的生活，竟時露嘲笑的神色。那時候，我既然服裝不整，夜晚睡在炕上，鋪的蓋的也只是破氈敗絮。（因為房東不在家，把被面都擱藏起來，只是炕上扔着一些破被套，我就利用它們取暖。）而我還要自己去要米，自己燒飯，在他看來，豈不近於遊僧的斂化、飢民的就食！在這種情況下面，我的好言相勸，他自然就聽不進去，每當談到「歸隊」，他就藉故推託，揚長而去。

有一天，他帶我到他家裏去。那也是一處地主規模的大宅院，但有些破落的景象。他把我帶到他的洞房，我也看到了他那按年歲來說顯得過於肥胖了一些的新婦。新婦看見我，從炕上溜下來出去了。因為曾經是老戰友，我也不客氣，就靠在那摺疊得很整齊的新被疊上休息了一會兒。

房間裱糊得如同雪洞一般，陽光照在新糊的灑過桐油的窗紙上，明亮如同玻璃。一張張用紅紙剪貼的各色花朵，都給人一種溫柔之感。房間的陳設，沒有一樣不帶新婚美滿的氣氛，更有一種脂粉的氣味，在屋裏瀰漫⋯⋯

柳宗元有言，流徙之人，不可在過於冷清之處久居，現在是，革命戰士不可在溫柔之鄉久處。我忽然不安起來了。當然，這裏沒有冰天雪地，沒有烈日當空，沒有跋涉，沒有飢餓，沒有槍林彈雨，更沒有人死出生。但是，它在消磨且已經消磨盡了一位青年人的鬥志。我告辭出來，一個人又回

到那冷屋子冷炕上去。

生活啊，你在朝着甚麼方向前進？你進行得堅定而又有充分的信心嗎？

「有的。」好像有甚麼聲音在回答我，我睡熟了。

在這個村莊裏，我另外認識了一位文建會的負責人，他有些地方，很像我在《風雲初記》裏寫到的變吉哥。

以上所記，都是十五六年前的舊事。一別此村，從未再去。有些老年人，恐怕已經安息在土壤裏了吧，他們一生的得失、歡樂和痛苦，只能留在鄉裏的口碑上。一些青年人，恐怕早已生兒育女，生活大有變化，願他們都很幸福。

一九六二年八月十三日夜

保定舊事

導讀

　　本文作於 1977 年，後收入《晚華集》。孫犁十四歲時考入保定育德中學，「在北方，這是一個相當有名的私立中學，它以辦過勤工儉學的留法準備班，培訓了不少人才著名。」（《我的自傳》）去一個離家一百八十里的地方上學，對於作者來說，保定是一個新天地。

　　文章開篇詳細回顧了一路乘坐騾車去保定的情景，人馬歡騰的場面，美滋滋的玩笑，作者的少年意氣全在車夫的神氣中展現了。到保定，文筆快速冷靜下來，「一進校門，便是黃卷青燈的生活。」

　　作者介紹了中學周邊的基本佈局，由保定「坑坑窪窪，塵土飛揚」的街道，放眼於整個保定城街面之情形，勾勒了一幅 20 世紀二三十年代末期，這座著名的北方文化古城的混亂局面。然後筆鋒又轉回中學，具體描述中學的師資力量、學生畢業的流向等細節。

　　最後，作者花了三分之一的篇幅，寫了「一段無結果的初戀故事」。在《〈善闇室紀年〉摘抄》中，有如下文字：「高中讀書時，同班張硯方為平民學校校長，聘我為女高二級任。學生有名王淑者，形體矮小，左腮有疤陷，反增其嬌媚。眼大而黑，口小

而屑肥，聲音温柔動聽，我很愛她。遂與通信，當時學校檢查信件甚嚴，她的來信，被訓育主任查出，我被免職。」本文詳實地寫了這一段珍貴的情緣，伴隨着美好的祝願，「我不知道，生活把王淑推到了甚麼地方，我想她現在一定生活得很幸福。」

　　文章從一不諳世事的雀躍少年寫起，提煉出了一條經歷過人生變際，漸入惆悵低迷，最終穩重堅韌起來的心性變化線索，至純至真，耐人尋味。

我的家鄉，距離保定，有一百八十里路。我跟隨父親在安國縣，這樣就縮短了六十里路。去保定上學，總是僱單套騾車，三個或兩個同學，合僱一輛。車是前一天定好，剛過半夜，車夫就來打門了。他們一般是很守信用，絕不會誤了客人行程的。於是抱行李上車。在路上，如果你高興，車夫可以給你講故事，如果你睏了，要睡覺，他便停止，也坐在車前沿，抱着鞭子睡起來。這種旅行，雖在深夜，也不會迷失路途。因為學生們開學，路上的車，連成了一條長龍。牲口也是熟路，前邊停下，牠也停下；前邊走了，牠也跟着走起來。這樣一直走到唐河渡口，天也就大亮了。如果是春冬天，在渡口也不會耽擱多久。車從草橋上過去，橋頭上站着一個人，一邊和車夫們開着玩笑，一邊敲訛着學生們的過路錢。

中午，在溫仁或是南大冉打尖。一進街口，便有望不到頭的各式各樣的笊籬，掛在大街兩旁的店門口。店夥們站在門口，喊叫着，招呼着，甚至攔截着，請車輛到他的店中去，但是，這不會釀成很大的混亂，也不會因為爭奪生意，互相吵鬧起來。因為店夥們和車夫們都心中有數，誰是哪家的主顧，這是一生一世，也不會輕易忘情和發生變異的。

一進要停車打尖的村口，車夫們便都神氣起來。那種神氣是沒法形容的，只有用他們的行話，才能說明萬一。這就是那句社會上公認的成語：「車喝兒進店，給個知縣也不幹！」

確實如此，車夫把車喝住，把鞭子往車卒上一插，便甚麼也不管，徑到櫃房，洗臉，喝茶，吃飯去了。一切由店

夥代勞。酒飯錢，牲口草料錢，自然是從乘客的飯錢中代付了。

牲口、人吃飽了，喝足了，連知縣都不想幹的車夫們，一個個喝得醉醺醺的，蜂擁着從櫃房出來，催客人上路。其實，客人們早就等急了，天也不早了。這時，人歡馬騰，一輛輛車趕得要飛起來，車夫坐在車上，笑嘻嘻地回頭對客人說：「先生，着甚麼急？這是去上學，又不是回家，有媳婦等着你！」

「你該着急呀，」一些年歲大的客人說，「保定府，你有相好的吧！」

「那誤不了，上燈以前趕到就行！」車夫笑着說。

一進校門，便是黃卷青燈的生活。

這是一所私立中學，設在西關外一條南北街上。這是一條很荒涼的小街道，但莊嚴地坐落着一所大學和兩所中等學校。此外就只有幾家小飯鋪，三兩處糖攤。

整個保定的街道，都是坑坑窪窪，塵土飛揚的。那時誰也沒想過，這個府城為甚麼這樣荒涼，這樣破舊，這樣蕭條。也沒有誰想到去建設它，或是把它修整修整。誰也沒有去注意這個城市的市政機關設在哪裏，也看不到一個清掃街道的工人。

從學校進城去，還有一條斜着通到西門的坎坷的土馬路，走過一座賣包子和罩火燒的小樓，便是護城河的石橋。秋冬風沙大，接近城門時，從門洞颳出的風又冷又烈，就得側着身子或背着身子走。在轉身的一刹那，常常會看到，在城門一邊的牆上，掛着一個小木籠，這就是在那個年代，視

為平常的，被灰塵蒙蓋了的，血肉模糊的示眾的首級。

經常有些雜牌軍隊，在西關火車站駐防。星期天，在石橋旁邊那家澡堂裏，可以看到好多軍人洗澡。在馬路上，三兩成羣的外出士兵，一般都不攜帶槍枝，而是把寬厚的皮帶握在手裏。黃昏的時候，常常有全副武裝的一小隊人，匆匆忙忙在街上衝過，最前邊的一個人，抱着靈牌一樣的紙糊大令。城門上懸掛的物件，就全是他們的作品。

如果遇到甚麼特別重要的人物來了，比如當時的張學良，則臨時戒嚴，街上行人，一律面向牆壁，背後排列着也是面向牆壁的持槍士兵。

這個城市，就靠幾所學校維持着，成為中國北方除北平以外著名的文化古城。

如果不是星期天，城裏那條最主要的街道 —— 西大街上，是很少行人的。兩旁店鋪的門，有的虛掩着，有的乾脆就關閉。有名的市場「馬號」裏，遊人也是寥寥無幾。這個市場，高高低低，非常陰暗。各個小鋪子裏的店員們，呆呆地站在櫃台旁邊，有的就靠着櫃台睡着了。

只有南門外大街上，幾家小鐵器鋪裏，傳出叮叮噹噹的響聲，另外，從西關水磨那裏，傳來嘩嘩的流水聲。此外，這就是一座灰色的，沒有聲音的，城南那座曹錕花園，也沒有幾個遊人的，窒息了的城市。

那時候，只是一家單純的富農，還不能供給一個中學生，一家普通地主，不能供給一個大學生。必須都兼有商業資本或其他收入。這樣，在很長時間裏，文化和剝削，發生着不可分割的關聯。

這所私立的中學，一個學生一年要交三十六元的學費（買書在外）。那時，農民出售三十斤一斗的小麥，也不過收入一元多錢。

這所中學，不只在保定，在整個華北也是有名的。它不惜重金，禮聘有名望的教員，它的畢業生，成為天津北洋大學錄取新生的一個主要來源。同時，不惜工本，培養運動員。北平師範大學體育系，每期差不多由它包辦了。它是在籃球場上，一度成為舞台上的梅蘭芳那樣的明星 —— 王玉增的母校。

它也是那些從它這裏培養，去法國勤工儉學，歸來後成為一代著名人物的人們的母校。

當我進校的時候，它還附設着一個鐵工廠，又和化學教員合辦了一個製革廠，都沒有甚麼生意，學生也不到那裏去勞動。勤工儉學，已經名存實亡了。

學校從操場的西南角，劃出一片地方，臨着街蓋了一排教室，辦了一所平民學校。

在我上高二的時候，我有一個要好的同班生，被學校任命為平民學校的校長。他見我經常在校刊上發表小說，就約我去教女高小二年級的國文。

被教育了這麼些年，一旦要去教育別人，確是很新鮮的事。聽到上課的鈴聲，抱着書本和教具，從教員預備室裏出來，嚴肅認真地走進教室。教室很小，學生也不多，只有五六個人。她們肅靜地站立起來，認真地行着禮。

平民學校的對門，就是保定第二師範。在那灰色的大圍牆裏面，它的學生們，正在進行實驗蘇維埃的紅色革命。

名家散文必讀系列‧孫犁

國家民族處在生死存亡危急的關頭,「九‧一八」,「一‧二八」事變,在學生平靜的讀書生活裏,像投下兩顆炸彈,許多重大迫切的問題,湧到青年們的眼前,要求每個人作出解答。

我寫了韓國志士謀求獨立的劇本,給學生們講了法國和波蘭的愛國小說,後來又講了十月革命的短篇作品。

班長王淑,坐在最前排中間位置上。每當我進來,她喊着口令,聲音沉穩而略帶沙啞。她身材矮小,面孔很白,眼睛在她那小而有些下尖的臉盤上,顯得特別的黑和特別的大。油黑的短頭髮,分下來緊緊貼在兩翼上。嘴很小,下脣豐厚,説話的時候,總帶着輕微的笑。

她非常聰明,各門功課都是出類拔萃的,大楷和繪畫,我是望塵莫及的。她的作文,緊緊吻合着時代,以及我教課的思想和感情。有説不完的意思,她就寫很長的信,寄到我的學校,和我討論,要我解答。

我們的校長,曾經跟隨過孫中山先生,後來,有人説他成了國家主義派,專門辦教育了。他住在學校第二層院的正房裏。學校原是由一座舊廟改建的,他所住的,就是廟宇的正殿。他是道貌岸然的,長年袍褂不離身。很少看見他和人談笑,卻常常看到他在那小小的庭院裏散步,也只是限於他門前那一點點地方。一九二七年以後,每次周會,能在大飯堂聽到他的清楚簡短的講話。

訓育主任的辦公室,設在學生出入必須經過的走廊裏。他坐在辦公桌上,就可以對出入學校大門的人一覽無餘。他覺得這還不夠,幾乎無時不在那一丈多長的走廊中間,來回

蹀步。師道尊嚴，尤其是訓育主任，左規右矩，走路都要給學生做出楷模。他高個子，西服革履，一臉殺氣——據說曾當過連長，眼睛平直前望，一步邁出去，那種慢勁和造作勁，和仙鶴完全一樣。

他的辦公室的對面，是學生信架，每天下午課後，學生們到這裏來，看有沒有自己的信件。有一天，訓育主任把我叫到他的辦公室，用簡短客氣的話語，免去了我在平校的教職。顯然是王淑的信出了毛病。

我的講室，在面對操場的那座二層樓上。每次課間休息，我們都到走廊上，看操場上的學生們玩球。平校的小小院落，看得很清楚。隨着下課鈴響，我看見王淑站在她的課堂門前的台階上，用憂鬱的、大膽的、厚意深情的目光，投向我們的大樓之上。如果是下午，陽光直射在她的身上。她不顧同學們從她身邊跑進跑出，直到上課的鈴聲響完，她才最後一個轉身進入教室。

我從農村來，當時不太了解王淑的家庭生活。後來我才知道，這叫做城市貧民。她的祖先，不知在一種甚麼境遇下，在這個城市住了下來，目前生活是很窮困的了。她的母親，只能把她押在那變化無常的，難以捉摸的，生活或者叫做命運的棋盤上。

城市貧民和農村的貧農不一樣。城市貧民，如果他的祖先闊氣過，那就要照顧生活的體面。特別是一個女孩子，她在家裏可以吃不飽，但出門之時，就要有一件像樣的衣服穿在身上。如果在冬天，就還要有一條寬大漂亮的毛線圍巾，披在肩頭。

　　當她因為眼病，住了西關思羅醫院的時候，我又知道她家是教民，這當然也是為了得到生活上的救濟。我到醫院去看望了她，她用紗布包裹着雙眼，像捉迷藏一樣。她母親看見我，就到外邊買東西去了。在那間小房子裏，王淑對我說了情意深長的話。醫院的人來叫她去換藥，我也告辭，她走到醫院大樓的門口，回過身來，背靠着牆，向我的方位站了一會兒。

　　這座醫院，是一座外國人辦的醫院，它有一帶大圍牆，圍牆以內就成了殖民地。我順着圍牆往外走，經過一片楊樹林。有一個小教民，背着柴筐從對面走來，向我舉起拳頭示威。是怕我和他爭奪秋天的敗枝落葉呢？還是意識到主子是外國人，自己也高人一等？

　　王淑和我年歲相差不多，她竟把我當作師長，在茫茫的人生原野上，希望我能指引給她一條正確的路。我很慚愧，我不是先知先覺，我很平庸，不能引導別人，自己也正在苦惱地從書本和實踐中探索。訓育主任，想叫學生循着他所規定的，像操場上田徑比賽時，用白粉劃定的跑道前進，這也是不可能的。時代和生活的波濤，不斷起伏。在抗日大浪潮的推動下，我離開了保定，到了距離她很遠的地方。

　　我不知道，生活把王淑推到了甚麼地方，我想她現在一定生活得很幸福。

　　那種苦雨愁城，枯柳敗路的印象，很自然地一掃而光。

一九七七年三月

服裝的故事

　　本文作於 1977 年，後收入《晚華集》。本文講的是由服裝引出的一連串故事，故事的時間跨度大約從抗日戰爭開始到國共內戰結束。從衣服的變換，勾勒出作者在這一期間的基本行程與活動範圍，亦表達出周圍人對自己的關心和同志們之間的互助精神。

　　衣服為甚麼變換得如此頻繁？又為何牽涉到那麼多的人物與地點？文章中所隱藏的一個背景是，在抗日戰爭與國共內戰期間，共產黨顛沛流離，物質條件是極為匱乏的，穿衣都會成為令人困擾的問題，但有同志們同舟共濟的溫暖，衣服「單薄」也阻擋不了「奮勇向前」。

　　因為每一件衣物都和相應的人的情感聯繫在一起，所以，作者在回憶時，也同樣流露出不能釋懷的感激，他記得每一件衣服、每一個場景、每一個人。「同來的一位同志」把我的棉袍變成夾褲，讓我鋪在沒有炕蓆的炕上保暖；「一同採訪的一位同志」見我的粗布棉襪褲已露手腕腳腕，就把他的「一件日本軍隊的黃呢大衣」「在風地裏脫下來」給我披上；華北聯大高中班兩位女學生把我唯一能領的衣服——「帶大襟的女衣」修改為男士襯衣；南下的同志用自己「難得的真正」棉衣換我身上不合適的羊毛棉衣，叫我「在街口等他」，「因為既是南下，越走天氣越暖和的」；「女同學們」給我做「棉褲」、「羊毛線襪」和「很窄小的圍巾」過

冬；一位同志「給我一些錢」，讓我去「添補一些衣物」，等等，不勝枚舉。文末，作者一併感念了戰爭年代裏「為我做鞋做襪，縫縫補補」的「房東老大娘、大嫂、姐妹們」。

全文雖循着衣物記人記事，但並沒有平鋪直敍之感，作者也將個人行程中的愉快經歷，認真描述出來，在常常穿不暖的處境中，像一抹抹温暖的陽光，比如，初夏時節，「我到山溝裏洗了個澡」，「水沖激着沙石，發出清越的聲音」，「我躺在河中間一塊平滑的大石板上，温柔的水，從我的頭部、胸部、腿部流過去，細小的沙石常常沖到我的口中」。再比如，日本投降後「我被派做前站，給女同志們趕了很長一段時間的毛驢。那些嬰兒們，裝在兩個荊條筐裏，掛在母親們的兩邊。小毛驢一走一顛，母親們的身體一搖一擺，孩子們像燕雛一樣，從筐裏探出頭來，呼喊着，玩鬧着，和母親們愛撫的聲音混在一起，震盪着漫長的歡樂的旅途。」

當然，行文中還會插入一些小小的偶然，作者的愛人給他做的狗皮短皮襖，不知為何被一位從敵後來延安的同志穿在身上，而且還是「另一位同志先穿了一陣」。最後，作者「無視」以往經歷的艱難，表達了堅定的信念：「有時夜霧四塞，晨霜壓身，但我們方向明確，太陽一出，歌聲又起。」

我遠不是甚麼紈綺子弟，但靠着勤勞的母親紡線織布，粗布棉衣，到時總有的。深感到布匹的艱難，是在抗戰時參加革命以後。

　　一九三九年春天，我從冀中平滾到阜平一帶山區，那裏因為不能種植棉花，布匹很缺。過了夏季，漸漸秋涼，我們甚麼裝備也還沒有。我從冀中背來一件夾袍，同來的一位同志多才多藝，他從老鄉那裏借來一把剪刀，把它裁開，縫成兩條夾褲，鋪在沒有蓆子的土炕上。這使我第一次感到布匹的難得和可貴。

　　那時我在新成立的晉察冀通訊社工作。冬季，我被派往雁北地區採訪。雁北地區，就是雁門關以北的地區，是冰天雪地，大雁也不往那兒飛的地方。我穿的是一身粗布棉襖褲，我身材高，腳腕和手腕，都有很大部位暴露在外面，每天清早在大山腳下集合，寒風凜冽。有一天在部隊出發時，一同採訪的一位同志把他從冀中帶來的一件日本軍隊的黃呢大衣，在風地裏脫下來，給我穿在身上。我第一次感到了戰鬥夥伴的關懷和溫暖。

　　一九四一年冬天，我回到冀中，有同志送給我一件狗皮大衣筒子。軍隊夜間轉移，遠近狗叫，就會暴露自己，冀中區的羣眾，幾天之內，就把所有的狗都打死了。我把皮子拿回家去，我的愛人，用她織染的黑粗布，給我做了一件短皮襖。因為狗皮太厚，做起來很吃力，有幾次把她的手扎傷。我回路西的時候，就珍重地帶它過了鐵路。

　　一九四三年冬季，敵人在晉察冀邊區「掃蕩」了整整三個月。第二年開春，我剛剛從山西的繁峙一帶回到阜平，

就奉命整裝待發去延安。當時，要領單衣，把棉衣換下。因為我去晚了，所有的男衣已發完，只剩下帶大襟的女衣，沒有辦法，領下來。這種單衣的顏色，是用土靛染的，非常鮮豔，在山地名叫「月白」。因是女衣，在宿舍換衣服時，我猶豫了，這穿在身上像話嗎？

忽然有兩個女學生進來 —— 我那時在華北聯大高中班教書。她們帶着剪刀針線，立即把這件女衣的大襟撕下，縫成一個翻領，然後把對襟部位縫好，變成了一件非常時髦的大翻領鑽頭襯衫。她們看着我穿在身上，然後拍手笑笑走了，也不知道是讚美她們的手藝，還是嘲笑我的形象。

然後，我們就在棗樹林裏站隊出發。

這一隊人馬，走在去往革命聖地延安的漫長而崎嶇的路上，朝霞晚霞映在我們鮮豔的服裝上。如果叫現在城市的人看到，一定要認為是奇裝異服了。或者只看我的描寫，以為我在有意歪曲，醜化八路軍的形象。但那時山地羣眾並不以為怪，因為他們在村裏村外常常看到穿這種便衣的工作人員。

路經盂縣，正在那裏下鄉工作的一位同志，在一個要道口上迎接我，給我送行。初春，山地的清晨，草木之上，還有霜雪。顯然他已經在那裏等了很久，濃黑的鬢髮上，也掛有一些白霜。他在我們行進的隊伍旁邊，和我握手告別，說了很簡短的話。

應該補充，在我攜帶的行李中間，還有他的一件日本軍用皮大衣，是他過去隨軍工作時，獲得的戰利品。在當時，這是很難得的東西，大衣做得堅實講究：皮領，雨布面，

上身是絲綿，下身是羊皮，袖子是長毛絨。羊皮之上，還帶着敵人的血跡。原來堅壁[①]在房東家裏，這次出發前，我考慮到延安天氣冷，去找我那件皮衣，找不到，就把他的拿起來。

初夏，我們到綏德，休整了五天。我到山溝裏洗了個澡。這是條向陽的山溝，小河的流水很溫暖，水沖激着沙石，發出清越的聲音。我躺在河中間一塊平滑的大石板上，溫柔的水，從我的頭部、胸部、腿部流過去，細小的沙石常常沖到我的口中。我把女同學們給我做的襯衣，洗好晾在石頭上，乾了再穿。

我們隊長到晉綏軍區去聯絡，回來對我說：呂正操司令員要我到他那裏去。一天上午，我就穿着這樣一身服裝，到了他那莊嚴的司令部。那件艱難攜帶了幾千里路的大衣，到延安不久，就因為一次山洪暴發，同我所有的衣物，捲到延河裏去了。

這次水災以後，領導上給我發了新的裝備，包括一套羊毛棉衣。這種棉衣當然不錯，不過有個缺點，穿幾天，裏面的羊毛就往下墜，上半身成了夾的，下半身則非常臃腫。和我一同到延安去的一位同志，要隨王震將軍南下，他們發的是絮棉花的棉衣，他告訴我路過橋兒溝的時間，叫我披着我那件羊毛棉衣，在街口等他，當他在那裏走過的時候，我們

---

① 堅壁，本指使城牆和堡壘堅固，後指把物資藏了起來，使不落到敵人的手裏。

俩「走馬換衣」，他把那件難得的真正棉衣換給了我。因為
既是南下，越走天氣越暖和的。

這年冬季，女同學們又把我的一條棉褥裏的棉花取出
來，把我的棉褲裏的羊毛換進去，於是我又有了一條名副其
實的棉褲。她們又給我打了一雙羊毛線襪和一條很窄小的圍
巾，使我溫暖愉快地過了這一個冬天。

這時，一位同志新從敵後到了延安，他身上穿的竟是
我那件狗皮襖，説是另一位同志先穿了一陣，然後轉送給
他的。

一九四五年八月，日本投降，我們又從延安出發，我被
派做前站，給女同志們趕了很長一段時間的毛驢。那些嬰兒
們，裝在兩個荊條筐裏，掛在母親們的兩邊。小毛驢一走一
顛，母們的身體一搖一擺，孩子們像燕雛一樣，從筐裏探
出頭來，呼喊着，玩鬧着，和母親們愛撫的聲音混在一起，
震盪着漫長的歡樂的旅途。

冬季我們到了張家口，晉察冀的老同志們開會歡迎我
們，穿戴都很整齊。一位同志看我還是只有一身粗布棉襖
褲，就給我一些錢，叫我到小市去添補一些衣物。後來我回
冀中，到了宣化，又從一位同志的牀上，扯走一件日本軍
官的黃呢斗篷，走了整整十四天，到了老家，披着這件奇形
怪狀的衣服，與久別的家人見了面。這僅僅是記得起來的一
些，至於戰爭年代裏房東老大娘、大嫂、姐妹們為我做鞋做
襪，縫縫補補，那就更是一時説不完了。

我們在和日本帝國主義、蔣幫作戰的時候，穿的就是這

樣。但比起上一代的老紅軍戰士，我們的物質條件就算好得多了。

　　穿着這些單薄的衣服，我們奮勇向前。現在，那些刺骨的寒風，不再吹在我的身上，但仍然吹過我的心頭。其中有雁門關外挾着冰雪的風，有冀中平原捲着黃沙的風，有延河兩岸雖是嚴冬也有些溫暖的風。我們穿着這些單薄的衣服，在冰凍石滑的山路上攀登，在深雪中滾爬，在激流中強渡。有時夜霧四塞，晨霜壓身，但我們方向明確，太陽一出，歌聲又起。

一九七七年十一月二十六日

童 年 漫 憶

◖ 導讀

　　本文作於 1978 年，後收入《晚華集》。本文由《聽説書》與《第一個借給我〈紅樓夢〉的人》兩個小短文組成，都涉及作者童年接觸到的地方民俗與文化。

　　首先是説書。作者小時候並未見過職業説書人，德勝大伯「長年去山西做小生意」，在「夏秋之間農活稍閒的時候」，給村裏人講評書，「對評書記得很清楚，講得也很熟練」；而所謂「職業性的説書人」，也「多半是業餘的，或是半職業性的」，給作者印象最深的是「搟氈條」的三兄弟，説的是「真正的西河大鼓」，他們一邊説《呼家將》，一邊在村裏做搟氈條的生意，直到這個村子再無生意可做，才結束説書並離去。作者在這裏交代了一種很奇特的生活方式，做買賣兼説書，反映了當時的一種民俗習慣。

　　其次是看書。在村子裏書是很少見的，一般人家幾乎沒有書，於是，作者要描述的「第一個借給我《紅樓夢》的人」就顯得極不一般。他出身貧苦，闖關東後一無所有地歸來，很不受家人的歡迎。後又因喝醉了酒，隨便説了話，就很意外地喪命了。作者為這樣一位鮮活的小人物立了小傳，記述了他「英雄落魄」後的辛酸與無奈，也講述了他從事自己擅長的工作時的生命中的「光榮」：「他站在肉車子旁邊，那把刀，在他手中熟練而敏捷地搖

動着，那煮熟的牛肉、馬肉或是驢肉，切出來是那樣薄，就像木
匠手下的刨花一樣，飛起來並且有規律地落在那圓形的厚而又大
的肉案邊緣，這樣，他在給顧客裝進燒餅的時候，既出色又非常
方便。他是遠近知名的『飛刀劉四』。」

　　作者慨歎道，「是生活決定着他的命運，而不是書。」「在我
的童年時代」，「痛苦地看到了嚴酷的生活本身」。

　　《童年漫憶》記説書，記看書，最終都落實為記人，孫犁曾評
價魯迅的作品：「一切描寫敍述都在顯示人物的形象，絕不分散甚
或掩蔽人物的形象，都是從人物情節出發，找到的最為特徵的表
現。」（《魯迅的小説》）這評價也適用於孫犁的文章。

聽説書

我的故鄉的原始住戶，據説是山西的移民，我幼小的時候，曾在去過山西的人家，見過那個移民舊址的照片，上面有一株老槐樹，這就是我們祖先最早的住處。

我的家鄉離山西省是很遠的，但在我們那一條街上，就有好幾戶人家，以長年去山西做小生意，維持一家人的生活，而且一直傳下好幾輩。他們多是挑貨郎擔，春節也不回家，因為那正是生意興隆的季節。他們回到家來，我記得常常是在夏秋忙季。他們到家以後，就到地裏幹活，總是叫他們的女人，挨戶送一些小玩意兒或是蠶豆給孩子們，所以我的印象很深。

其中有一個人，我叫他德勝大伯，那時他有四十歲上下。每年回來，如果是夏秋之間農活稍閒的時候，我們一條街上的人，吃過晚飯，坐在碾盤旁邊去乘涼。一家大梢門兩旁，有兩個柳木門墩，德勝大伯常常被人們推請坐在一個門墩上面，給人們講説評書，另一個門墩上，照例是坐一位年紀大、輩數高的人，和他對稱。我記得他在這裏講過《七俠五義》等故事，他講得真好，就像一個專業藝人一樣。

他並不識字，這我是記得很清楚的。他常年在外，他家的大娘，因為身材高，我們都叫她「大個兒大媽」。她每天挎着一個大柳條籃子，敲着小銅鑼賣燒餅果子。德勝大伯回來，有時幫她記記帳，他把高粱的莖稈，截成筆帽那麼長，用繩穿結起來，橫掛在炕頭的牆壁上，這就叫「帳碼」，誰賒多少誰還多少，他就站在炕上，用手推撥那些莖稈兒，很

有些結繩而治的味道。

他對評書記得很清楚，講得也很熟練，我想他也不是花錢到娛樂場所聽來的。他在山西做生意，長年住在小旅店裏，同住的人，幹甚麼的人也有，夜晚沒事，也許就請會說評書的人，免費說兩段，為長年旅行在外的人們消愁解悶，日子長了，他就記住了全部。

他可能也說過一些山西人的風俗習慣，因為我年歲小，對這些沒興趣，都忘記了。

德勝大伯在做小買賣途中，遇到瘟疫，死在外地的荒村小店裏。他留下一個獨生子叫鐵錘。前幾年，我回家鄉，見到鐵錘，一家人住在高爽的新房裏，屋裏陳設，在全村也是最講究的。他心靈手巧，能做木工，並且能在玻璃片上畫花鳥和山水，大受遠近要結婚的青年農民的歡迎。他在公社擔任會計，算法精通。

德勝大伯說的是評書，也叫平話，就是只憑演說，不加伴奏。在鄉村，麥秋過後，還常有職業性的說書人，來到街頭。其實，他們也多半是業餘的，或是半職業性的。他們說唱完了以後，有的由經管人給他們斂些新打下的糧食，有的是自己兼做小買賣，比如賣針，在他說唱中間，由一個管事人，在婦女羣中，給他賣完那一部分針就是了。這一種人，多是說快書，即不用弦子，只用鼓板。騎着一輛自行車，車後座做鼓架。他們不說整本，只說小段。賣完針，就又到別的村莊去了。

一年秋後，村裏來了弟兄三個人，推着一車羊毛，說是會說書，兼有擀氈條的手藝。第一天晚上，就在街頭說了起

來，老大彈弦，老二說《呼家將》，真正的西河大鼓，韻調很好。村裏一些老年的書迷，大為讚賞。第二天就去給他們張羅生意，挨家挨戶去動員：擀氈條。

他們在村裏住了三四個月，每天夜晚說《呼家將》。冬天天冷，就把書場移到一家茶館的大房子裏。有時老二回老家運羊毛，就由老三代說，但人們對他的評價不高，另外，他也不會說《呼家將》。

眼看就要過年了，呼延慶的擂還沒打成。每天晚上預告，明天就可以打擂了，第二天晚上，書中又出了岔子，還是打不成。人們盼呀，盼呀，大人孩子都在盼。村裏娶兒聘婦要擀氈條的主，也差不多都擀了，幾個老書迷，還在四處動員：「擀一條吧，冬天鋪在炕上多暖和呀！再說，你不擀氈條，呼延慶也打不了擂呀！」

直到臘月二十老幾，弟兄三個看着這村裏實在也沒有生意可做了，才結束了《呼家將》。他們這部長篇，如果整理出版，我想一定也有兩塊大磚頭那麼厚吧。

第一個借給我《紅樓夢》的人

我第一次讀《紅樓夢》，是十歲左右還在村裏上小學的時候。我先在西頭劉家，借到一部《封神演義》，讀完了，又到東頭劉家借了這部書。東西頭劉家都是以屠宰為業，是一姓一家。劉姓在我們村裏是僅次於我們姓的大戶，其實也不過七八家，因為這是一個很小的村莊。

從我能記憶起，我們村裏有書的人家，幾乎沒有。劉家能有一些書，是因為他們所經營的近似一種商業。農民讀

書的很少，更不願花錢去買這些「閒書」。那時，我只能在廟會上看到書，書攤小販支架上幾塊木板，擺上一些石印的，花紙或花布套的，字體非常細小，紙張非常粗黑的《三字經》、《玉匣記》，唱本、小說。這些書可以說是最普及的廉價本子，但要買一部小說，恐怕也要花費一兩天的食用之需。因此，我的家境雖然富裕一些，也不能隨便購買。我那時上學唸的課本，有的還是母親求人抄寫的。

東頭劉家有兄弟四人，三個在少年時期就被生活所迫，下了關東。其中老二一直沒有回過家，生死存亡不知。老三回過一次家，還是不能生活，只在家過了一個年，就又走了，聽說他在關東，從事的是一種非常危險的勾當。

家裏只留下老大，他娶了一房童養媳婦，算是成了家。他的女人，個兒不高，但長得頗為端正俊俏，又喜歡說笑，人緣很好，家裏長年設着一個小牌局，抽些油頭，補助家用。男的還是從事屠宰，但已經買不起大牲口，只能剝個山羊甚麼的。

老四在將近中年時，從關東回來了，但甚麼也沒有帶回來。這人長得高高的個子，穿着黑布長衫，走起路來，「蛇搖擔晃」。他這種走路的姿勢，常常引起家長們對孩子的告誡，說這種走法沒有根柢，所以他會吃不上飯。

他叫四喜，論鄉親輩，我叫他四喜叔。我對他的印象很好。他從東頭到西頭，揚長地走在大街上，說句笑話兒，惹得他那些嫂子輩的人，罵他「賊兔子」，他就越發高興起來。他對孩子們尤其和氣。有時，坐在他家那曠蕩的院子裏，拉着板胡，唱一段清揚悅耳的梆子，我們聽起來很是入

迷。他知道我好看書，就把他的一部《金玉緣》借給了我。

　　哥哥嫂子，當然對他並不歡迎，在家裏，他已經無事可為，每逢集市，他就挾上他那把鋒利明亮的切肉刀，去幫人家賣肉。他站在肉車子旁邊，那把刀，在他手中熟練而敏捷地搖動着，那煮熟的牛肉、馬肉或是驢肉，切出來是那樣薄，就像木匠手下的刨花一樣，飛起來並且有規律地落在那圓形的厚而又大的肉案邊緣，這樣，他在給顧客裝進燒餅的時候，既出色又非常方便。他是遠近知名的「飛刀劉四」。現在是英雄落魄，暫時又有用武之地。在他從事這種工作的時候，你可以看到，他高大的身材，在一層層顧客的包圍下，顧盼神飛，談笑自若。可以想到，如果一個人，能永遠在這樣一種狀態中存在，豈不是很有意義，也很光榮？

　　等到集市散了，天也漸漸晚了，主人請他到飯鋪吃一頓飽飯，還喝了一些酒。他就又挾着他那把刀回家去。集市離我們村只有三里路。在路上，他有些醉了，走起來，搖晃得更厲害了。

　　對面來了一輛自行車。他忽然對着人家喊：「下來！」

　　「下來幹甚麼？」騎自行車的人，認得他。

　　「把車子給我！」

　　「給你幹甚麼？」

　　「不給，我砍了你！」他把刀一揚。

　　騎車子的人回頭就走，繞了一個圈子，到集市上的派出所報了案。

　　他若無其事地回到家裏，也許把路上的事忘記了。當晚睡得很香甜。第二天早晨，就被捉到縣城裏去。

那時正是冬季，農村很動亂，每天夜裏，綁票的槍聲，就像大年五更的鞭炮。專員正責成縣長加強治安，縣長不分青紅皂白，就把他槍斃，作為成績向上級報告了。他家裏的人沒有去營救，也不去收屍。一個人就這樣完結了。

　　他那部《金玉緣》，當然也就沒有了下落。看起來，是生活決定着他的命運，而不是書。而在我的童年時代，是和小小的書本同時，痛苦地看到了嚴酷的生活本身。

　　　　　　　　　　　　　　　一九七八年春天

度春荒

導讀

　　本文作於 1979 年，後收入《秀露集》。本文是「鄉里舊聞」系列中的第一篇文章，回憶了童年時靠野菜度過春荒的情形，撫今追昔，遠溯到五代，近溯至清季，通過描述這一方土地在荒年裏噩夢般的遭遇，從而充分肯定了抗日戰爭期間共產黨的政策：「記取歷史經驗，重視農業生產」。

　　作者從個人的童年生活經歷出發，立足當下，緬懷歷史，憂心與哀傷，感慨與讚美，均發自內心。在他看來，真實性是作家首要遵循的原則。在《談美》一文中，孫犁曾論及作家在創作之時，「所注意的只是真不真」，在《朋友的彩筆》中，作者很委婉地批評了他那位在寫作上常常作假的朋友，並特別強調，「藝術所重，為真實。真實所存，在細節。無細節之真實，即無整體之真實。」

　　《度春荒》中的真實便落實為「細節之真實」，按照春天裏的時序，寫那些陸續長出的，與生命息息相關的野菜：老鴰錦、苣苣菜、黃鬚菜、掃帚苗、榆葉、榆錢、柳芽、楊花等，每一種都有相應的評點，詳略得當。說到楊花，作者寫道：「這種東西，是不得已而吃之，並且很費事，要用水浸好幾遍，再上鍋蒸，味道是很難聞的。」可見印象之深刻，在《青春餘夢》中，作者給楊花下的結論是：「那可以說是最苦最難以下嚥的野菜了。」

在一片饑荒的底色上，孫犁還描摹了「田野裏跑着」的「無數的孩子們」，他們「漫天漫野地跑着，尋視着，歡笑並打鬧，追趕和競爭」，到處充滿着與春天相稱的「新的生機」，給文章增添了一抹溫暖的色彩。此時，我們彷彿一下子理解了中國文學傳統中的「哀而不傷」的意思。

　　我的家鄉，鄰近一條大河，樹木很少，經常旱澇不收。在我幼年時，每年春季，糧食很缺，普通人家都要吃野菜樹葉。春天，最早出土的，是一種名叫老鴰錦的野菜，孩子們帶着一把小刀，提着小籃，成羣結隊到野外去，尋覓剜取像銅錢大小的這種野菜的幼苗。

　　這種野菜，回家用開水一潑，攙上糠麪蒸食，很有韌性。

　　與此同時出土的是苣苣菜，就是那種有很白嫩的根，帶一點苦味的野菜。但是這種菜，不能當糧食吃。

　　以後，田野裏的生機多了，野菜的品種，也就多了。有黃鬚菜，有掃帚苗，都可以吃。春天的麥苗，也可以救急，這是要到人家地裏去偷來。

　　到樹葉發芽，孩子們就脫光了腳，在手心吐些唾沫，上到樹上去。榆葉和榆錢，是最好的菜。柳芽也很好。在大荒之年，我吃過楊花。就是大葉楊春天抽出的那種穗子一樣的花。這種東西，是不得已而吃之，並且很費事，要用水浸好幾遍，再上鍋蒸，味道是很難聞的。

　　在春天，田野裏跑着無數的孩子們，是為飢餓驅使，也為新的生機驅使，他們漫天漫野地跑着，尋視着，歡笑並打鬧，追趕和競爭。

　　春風吹來，大地甦醒，河水解凍，萬物孳生，土地是鬆軟的，把孩子們的腳埋進去，他們仍然歡樂地跑着，並不感到跋涉。

　　清晨，還有露水，還有霜雪，小手凍得通紅，但不久，太陽出來，就感到很暖和，男孩子們都脫去了上衣。

為衣食奔波，而不大感到愁苦，只有童年。

我的童年，雖然也常有兵荒馬亂，究竟還沒有遇見大災荒，像我後來從歷史書上知道的那樣。這一帶地方，在歷史上，特別是新舊五代史上記載，人民的遭遇是異常悲慘的。因為戰爭，因為異族的侵略，因為災荒，一連很多年，在書本上寫着：人相食；析骨而焚；易子而食。

戰爭是大災荒，大瘟疫的根源。飢餓可以使人瘋狂，可以使人死亡，可以使人恢復獸性。曾國藩的日記裏，有一頁記的是太平天國戰爭時，安徽一帶的人肉價目表，我們的民族，經歷了比噩夢還可怕的年月！

日本帝國主義的侵略，以戰養戰，三光政策，是很野蠻、很殘酷的。但是因為共產黨記取歷史經驗，重視農業生產，村裏雖然有那麼多青年人出去抗日，每年糧食的收成，還是能得到保證。黨在這一時期，在農村實行合理負擔的政策。地主富農，佔有大部分土地，雖然對這種政策，心裏有些不滿，他們還是積極經營的。抗日期間，我曾住在一家地主家裏，他家的大兒子對我説：「你們在前方努力抗日，我們在後方努力碾米。」

在八年抗日戰爭中，我們成功地避免了「大兵之後，必有凶年」的可怕遭遇，保證了抗日戰爭的勝利。

一九七九年十二月

乾巴

導讀

　　本文作於 1979 年，後收入《秀露集》，是「鄉里舊聞」系列中的一篇文章。本文講述的一個「寒苦」之人，名叫乾巴。他的妻子死於「產後沒吃的」；他的孩子才幾歲就「淹死了」；他撿豆子做豆腐賣，自己吃些豆渣過日子；「業餘的工作」是幫別人家埋死去的孩子。乾巴是「這個小小的村莊裏」的「最窮最苦的人」，作家牽掛着他，把他的命運講了出來。

　　作者沒有直接描寫乾巴內心的苦，當人們説他的女孩「命硬」，「一下生就把母親剋死了」，乾巴的反應是，「過了兩三年」，他「對人們説，他的孩子不是女孩，是個男孩」，在極端困苦的情況下，也許謊言會變為一種堅強的信念，作者懷着同情心，在筆端小心地維護着乾巴的尊嚴，我們似乎也將信將疑了，也許真的是個男孩？但是靠謊言支撐起的生活並不長久，乾巴最終還是失去了自己的孩子。

　　這個孩子要履行父親的謊言，他不能顯示出自己是個女孩，他「孤僻、易怒」，「他總是一個人去玩」；他有同齡孩子的心願，「願意到水裏去洗洗玩玩」，又不能在那些男孩子面前脱褲子下水，只能獨自玩，就這麼「淹死了」。

　　是乾巴害死了自己的孩子嗎？他在孩子身上建立起信念，孩

子死後又生出深深的愧疚，人們死了孩子去找乾巴埋，也是大抵認為乾巴能夠理解自己吧。乾巴總會安慰母親道：「他嬌子，不要難過。我把他埋得深深的，你放心吧！」極端貧賤的生活讓人們彼此間的安慰都含蓄默契到極點，「秋天，他到地裏拾些黑豆、黃豆，即使他在地頭地腦偷一些，人們都知道他寒苦，也都睜一個眼，閉一個眼，不忍去說他。」

　　孫犁說，作家要「薰陶而鍛冶自己的思想感情，以期與時代及人民，親密無間」（《談美》），他在自己的文章中貫徹和實現了這一觀點。

在這個小小的村莊裏，乾巴要算是最窮最苦的人了。他的老婆，前幾年，因為產後沒吃的死去了，留下了一個小孩。最初，人們都説是個女孩，並説她命硬，一下生就把母親剋死了。過了兩三年，乾巴對人們説，他的孩子不是女孩，是個男孩，並給他起了個名字，叫小變兒。

乾巴好不容易按照男孩子把他養大，這孩子也漸漸能幫助父親做些事情了。他長得矮弱瘦小，可也能背上一個小筐，到野地裏去拾些柴禾和莊稼了。其實，他應該和女孩子們一塊去玩耍、工作。他在各方面，都更像一個女孩子。但是，乾巴一定叫他到男孩子羣裏去。男孩子是很淘氣的，他們常常跟小變兒起哄，欺侮他，「來，小變兒，叫我們看看，又變了沒有？」

有時就把這孩子逗哭了。這樣，他的性情、脾氣，在很小的時候，就發生了變態：孤僻、易怒。他總是一個人去玩，到其他孩子不樂意去的地方拾柴、揀莊稼。

這個村莊，每年夏天好發大水，水撤了，村邊一些溝裏，坑裏，水還滿滿的。每天中午，孩子們好聚到那裏鳧水，那是非常高興和熱鬧的場面。

每逢小變兒走近那些溝坑，在其中游泳的孩子們，就喊：「小變兒，脱了褲子下水吧！來，你不敢脱褲子！」

小變兒就默默地離開了那裏。但天氣實在熱，他也實在願意到水裏去洗洗玩玩。有一天，人們都回家吃午飯了，他走到很少有人去的村東窰坑那裏，看看四處沒有人，脱了衣服跳進去。這個坑的水很深，一下就滅了頂，他喊叫了兩聲，沒有人聽見，這個孩子就淹死了。

這樣，乾巴就剩下孤身一人，沒有了兒子。

他現在甚麼也沒有了，他沒有田地，也可以說沒有房屋，他那間小屋，是很難叫做房屋的。他怎樣生活？他有甚麼職業呢？

冬天，他就賣豆腐，在農村，這幾乎可以不要甚麼本錢。秋天，他到地裏拾些黑豆、黃豆，即使他在地頭地腦偷一些，人們都知道他寒苦，也都睜一個眼，閉一個眼，不忍去說他。

他把這些豆子做成豆腐，每天早晨挑到街上，敲着梆子，顧客都是拿豆子來換，很快就賣光了。自己吃些豆腐渣，這個冬天，也就過去了。

在村裏，他還從事一種副業，也可以說是業餘的工作。那時代，農村的小孩子死亡率很高。有的人家，連生五六個，一個也養不活。不用說那些大病症，比如說天花、麻疹、傷寒，可以死人，就是這些病症，比如抽風、盲腸炎、痢疾、百日咳，小孩子得上了，也難逃個活命。

母親們看着孩子死去了，掉下兩點眼淚，就去找乾巴，叫他幫忙把孩子埋了去。乾巴趕緊放下活計，背上鐵鏟，來到這家，用一片破炕蓆或一個破蓆鍋蓋，把孩子裹好，挾在腋下，安慰母親一句：「他嬸子，不要難過。我把他埋得深深的，你放心吧！」

就走到村外去了。

其實，在那些年月，母親們對死去一個不成年的孩子，也不很傷心，視若平常。因為她們在生活上遇到的苦難太多，孩子們累得她們也夠受了。

事情完畢，她們就給乾巴送些糧食或破爛衣服去，酬謝他的幫忙。

這種工作，一直到乾巴離開人間，成了他的專利。

一九七九年十二月

木匠的女兒

◖ 導讀

　　本文作於 1980 年，後收入《澹定集》，為「鄉里舊聞」系列中的一篇，文章題目為《木匠的女兒》，實際上是以木匠進善為開頭和結尾的，文章結構的形式感頗強，像一齣戲劇，序幕和尾聲是進善的生與死，中間大幕徐徐拉開，主要角色是木匠的女兒 —— 小杏。

　　作者對於小人物一向懷有同情心，在《生辰自述》的正文及跋中，曾有直接的表露，「同情苦弱，心念不平」，「同情憐憫，乃青年期赤心之表露」。同時，作者亦擅長將小人物的命運與大時代的變遷聯繫在一起，將人物放置在廣闊縱深的社會歷史背景中進行細膩體察。這與孫犁先生所秉持的傳記創作原則一致，「客觀環境與主觀意志，緊密結合，歷史與人物，才能互相輝映，相得益彰。在傳記中，人物主觀成分的表現，不能過多，主要是表現其與時代相觸發相關聯的契機。」（《與友人論傳記》）

　　文中將小杏「生活感情上的走馬燈似的動亂、打擊」與「舊社會」、與「烽煙炮火的激盪」的時局緊密聯繫。小杏十七歲結婚，上過一次吊，就回到了父親家裏，先後與開油坊的少掌櫃、縣教育局長、抗日縣長等人有過情感糾葛，後來得病，死了。作者對她的評價是：「這個小小村莊的一代風流人物」。前面出場

的幾個人物呈現了一個時間線索，即從「舊社會」到抗日戰爭以來，最後，通過進善參與修建抗日紀念塔，補充上 1945 年及土改時期，反映了時代的變遷。

　　孫犁先生在《談美》中說：「凡藝術，除表現時代、社會的風貌外，亦必同時表現作者的品格、氣質、道德的風貌。」因此，我們看見，他在行文敘述中，會有自己的表態，比如，「貧苦無依的生活，在舊社會，只能給女孩子帶來不幸。」「女人一旦得到依靠男人的體驗，膽子就越來越大，羞恥就越來越少」。他對這個有着曲折命運的女子有批判，而悲憫心更重，「她幾乎還沒有來得及覺醒，她的花容月貌，就悄然消失，不會有人再想到她。」但是作者記下了她。

這個小村莊的主要街道，應該説是那條東西街，其實也不到半里長。街的兩頭，房舍比較整齊，人家過得比較富裕，接連幾戶都是大梢門。

進善家的梢門裏，分為東西兩戶，原是兄弟分家，看來過去的口子，是相當勢派的，現在卻都有些沒落了。進善的哥哥，幼年時唸了幾年書，學得文不成武不就，種莊稼不行，只是練就一筆好字，村裏有甚麼文書上的事，都是求他。也沒有多少用武之地，不過紅事喜帖、白事喪榜之類。進善幼年就趕上日子走下坡路，因此學了木匠，在農村，這一行業也算是高等的，僅次於讀書經商。

他是在束鹿舊城學的徒。那裏的木匠鋪，是遠近幾個縣都知名的，專做嫁妝活。凡是地主家聘姑娘，都先派人丈量男家居室，陪送木器家具。只有內間的，叫做半套；裏外兩間都有的，叫做全套。原料都是楊木，外加大漆。

學成以後，進善結了婚，就回家過日子來了。附近村莊人家有些零星木活，比如修整檁木，打做門窗，成全棺材，就請他去做，除去工錢，飯食都是好的，每頓有兩盤菜，中午一頓還有酒喝。閒時還種幾畝田地，不誤農活。

可是，當他有了一兒一女以後，他的老婆因為過於勞累，得肺病死去了。當時兩個孩子還小，請他家的大娘帶着，過不了幾年，這位大娘也得了肺病，死去了。進善就得自己帶着兩個孩子，這樣一來，原來很是精神利索的進善，就一下變得愁眉不展，外出做活也不方便，日子也就越來越困難了。

女兒是頭大的，名叫小杏。當她還不到十歲，就幫着父

名家散文必讀系列・孫犁

親做事了，十四五歲的時候，已經出息得像個大人、長得很俊俏，眉眼特別秀麗，有時在稍門口大街上一站，身邊不管有多少和她年歲相仿的女孩兒們，她的身條容色，都是特別引人注目的。

貧苦無依的生活，在舊社會，只能給女孩子帶來不幸。越長得好，其不幸的可能就越多。她們那幼小的心靈，先是向命運之神應戰，但多數終歸屈服於它。在絕望之餘，她從一面小破鏡中，看到了自己的容色，她現在能夠仰仗的只有自己的青春。

她希望能找到一門好些的婆家，但等她十七歲結了婚，不只丈夫不能叫她滿意，那位刁鑽古怪的婆婆，也實在不能令人忍受。她上過一次吊，被人救了下來，就長年住在父親家裏。

雖然這是一個不到一百戶的小村莊，但它也是一個社會。它有貧窮富貴，有尊榮恥辱，有士農工商，有興亡成敗。

進善常去給富裕人家做活，因此結識了那些人家的遊手好閒的子弟。其中有一家在村北頭開油坊的少掌櫃，他常到進善家來，有時在夜晚帶一瓶子酒和一隻燒雞，兩個人喝着灑，他撕一些雞肉叫小杏吃。不久，就和小杏好起來。趕集上廟，兩個人約好在背靜地方相會，少掌櫃給她買個燒餅裏肉，或是買兩雙襪子送給她。雖説是少女的純潔，雖説是廉價的愛情，這裏面也有傾心相與，也有引誘抗拒，也有風花雪月，也有海誓山盟。

女人一旦得到依靠男人的體驗，膽子就越來越大，羞恥

就越來越少；就越想去依靠那錢多的，勢力大的。這叫做一步步往上依靠，靈魂一步步往下墮落。

她家對門有一位在縣裏當教育局長的，她和他靠上了，局長回家，就住在她家裏。

一九三七年，這一帶的國民黨政府逃往南方，局長也跟着走了。成立了抗日縣政府，組織了抗日游擊隊，抗日縣長常到這村裏來，有時就在進善家吃飯住宿。日子長了，和這一家人都熟識了，小杏又和這位縣長靠上，她的弟弟給縣長當了通訊員，背上了盒子槍。

一九三八年冬天，日本人佔據了縣城。囤集在河南省的國民黨軍隊張蔭梧部，正在實行曲線救國，配合日軍，企圖消滅八路軍。那位局長，跟隨張蔭梧多年了，有一天，又突然回到了村裏。他回到村莊不多幾天，縣城的日軍和偽軍，掃蕩了這個村莊，把全村的男女老少集合到大街上，在街頭一棵槐樹上，燒死了抗日村長。日本人在各家搜索時，在進善的女兒房中，搜出一件農村少有的雨衣，就吊打小杏，小杏説出是哪位局長穿的，日本人就不再追究，回縣城去了。日本人走時，是在黃昏，人們惶惶不安地剛吃過晚飯，就聽見街上又響起槍來。隨後，在村東野外的高沙崗上，傳來了局長呼救的聲音。好像他被綁了票，要鄉親們快湊錢搭救他。深夜，那聲音非常淒厲。這時，街上有幾個人影，打着燈籠，挨家挨戶借錢，家家都早已插門閉戶了。交了錢，並沒得買下局長的命，他被槍斃在高崗之上。

有人説，日本這次掃蕩，是他勾引來的，他的死刑是「老八」執行的。他一回村，游擊組就向上級報告了。可

是，如果他不是迷戀小杏，早走一天，可能就沒事……

日本人四處安插據點，在離這個村莊三里地的子文鎮，蓋了一個炮樓，形勢一天比一天緊張，我們的主力西撤了。漢奸活躍起來，抗日政權轉入地下，抗日縣長只能在夜間轉移。抗日幹部被捕的很多，有的叛變了。有人在夜裏到小杏家，找縣長，並向他勸降。這位不到二十歲的縣長，本來是個紈絝子弟，經不起考驗，但他不願明目張膽地投降日本，通過親戚朋友，到敵佔區北平躲身子去了。

小杏的弟弟，經過一些壞人的引誘慫恿，帶着縣長的兩支槍，投降了附近的炮樓，當了一名偽軍。他是個小孩子，每天在炮樓下站崗，附近三鄉五里，都認識他，他卻壞下去得很快，敲詐勒索，以至姦污婦女。他那好吃懶做的大伯，也仗着姪兒的勢力，在村中不安分起來。在一九四三年以後，根據地形勢少有轉機時，八路軍夜晚把他掏了出來，槍斃示眾。

小杏在二十幾歲上，經歷了這些生活感情上的走馬燈似的動亂、打擊，得了她母親那樣致命的疾病，不久就死了。她是這個小小村莊的一代風流人物。在烽煙炮火的激盪中，她幾乎還沒有來得及覺醒，她的花容月貌，就悄然消失，不會有人再想到她。

進善也很快就老了。但他是個樂天派，並沒有倒下去。一九四五年，抗日戰爭勝利，縣裏要為死難的抗日軍民興建一座紀念塔，在四鄉搜羅能工巧匠。雖然他是漢奸家屬，但本人並無罪行。村裏推薦了他，他很高興地接受了雕刻塔上飛簷門窗的任務。這些都是木工細活，附近各縣，能有這種

手藝的人，已經很稀少了。塔建成以後，前來遊覽的人，無不對他的工藝嘖嘖稱讚。

工作之暇，他也去看了看石匠們，他們正在叮叮噹噹，在大石碑上，鐫刻那些抗日烈士的不朽芳名。

回到家來，他孤獨一人，不久就得了病，但人們還常見他拄着一根木棍出來，和人們説話。不久，村裏進行土地改革，他過去相好那些人，都被劃成地主或富農，他也不好再去找他們。又過了兩年，才死去了。

一九八〇年九月二十一日晨

菜虎

◖ 導讀

　　本文作於 1980 年，後收入《澹定集》，是「鄉里舊聞」系列
中的一篇，可與前面的《度春荒》對照閱讀。《度春荒》中，寫春
天裏，「孩子們帶着一把小刀，提着小籃，成羣結隊到野外去」挖
野菜，《菜虎》中則補入夏天挖野菜的情形，「到野地裏去撈小魚
小蝦，捕捉螞蚱、蟬和牠的原蟲，尋找野菜，尋找所有綠色的、
可以吃的東西」，並且給了「菜虎家的一個小閨女，叫做盼兒的」
一段細緻的描寫，充實了孩子們挖野菜的畫面，「這個小姑娘長
得很瘦小，可是她很能幹活，手腳利索，眼快；在這種生活競爭
的場所，她常常大顯身手，得到較多較大的收穫，這樣就會有爭
奪，比如一個螞蚱、一棵野菜，是誰先看見的。」

　　不過，《菜虎》中，作者還是着重寫「以菜為衣食之道」的
菜虎，他用獨木輪高脊手推車去賣菜，推車時純熟而又充滿艱
辛，「天暖季節他總是脫掉上衣，露着油黑的身子，把絆帶套在肩
上」，「他兩條腿叉開，弓着身子，用全力往前推，立時就是一身
汗水」。令作者最為難忘的，是「那車子發出連續的有節奏的悠揚
悦耳的聲音，—— 吱扭 —— 吱扭 —— 吱扭扭 —— 吱扭扭」，讓人
感到鄉民生活的不易。饑荒年代，菜虎甚至把女兒送給了教堂，
臨死也沒見到女兒，不由讓人感慨良多。

作者在文末寫道，「現在的手推車都換成了膠皮軲轆，推動起來，是沒有多少聲音的。」多少令人悵然若失，但作家從熟悉的聲音裏挖掘出的對美好生活的想像與希望，讓人回味無窮，這種聲音從文章開頭響起，結尾尚有餘音繞樑之感。

東頭有一個老漢，個兒不高，膀乍腰圓，賣菜為生。人們都叫他菜虎，真名字倒被人忘記了。這個虎字，並沒有甚麼惡意，不過是說他以菜為衣食之道罷了。他從小就幹這一行，頭一天推車到滹沱河北種菜園的村莊躉菜，第二天一早，又推上車子到南邊的集市上去賣。因為南邊都是旱地種大田，青菜很缺。

那時用的都是獨木輪高脊手推車，車兩旁捆上菜，青枝綠葉，遠遠望去，就像一個活的菜畦。

一車水菜分量很重，天暖季節他總是脫掉上衣，露着油黑的身子，把絆帶套在肩上。遇見沙土道路或是上坡，他兩條腿叉開，弓着身子，用全力往前推，立時就是一身汗水。但如果前面是硬整的平路，他推得就很輕鬆愉快了，空行的人沒法趕過他去。也不知道他怎麼弄的，那車子發出連續的有節奏的悠揚悅耳的聲音，—— 吱扭 —— 吱扭 —— 吱扭扭 —— 吱扭扭。他的臀部也左右有節奏地擺動着。這種手推車的歌，在我幼年的記憶中，留下了深刻的印象。這是田野裏的音樂，是道路上的歌，是充滿希望的歌。有時這種聲音，從幾里地以外就能聽到。他的老伴，坐在家裏，這種聲音從離村很遠的路上傳來。有人說，菜虎一過河，離家還有八里路，他的老伴就能聽見他推車的聲音，下炕給他做飯，等他到家，飯也就熟了。在黃昏炊煙四起的時候，人們一聽到這聲音，就說：「菜虎回來了。」

有一年七月，滹沱河決口，這一帶發了一場空前的洪水，莊稼全都完了，就是半生半熟的高粱，也都沖倒在地裏，被泥水浸泡着。直到九十月間，已經下過霜，地裏的水

還沒有撤完，甚麼晚莊稼也種不上，種冬麥都有困難。這一年的秋天，顆粒不收，人們開始吃村邊樹上的殘葉，剝下榆樹的皮，到泥裏水裏撈泥高粱穗來充飢，有很多小孩到撤過水的地方去挖地梨，還挖一種泥塊，叫做「膠泥沉兒」，是比膠泥硬、顏色較白的小東西，放在嘴裏吃。這原是營養植物的，現在用來營養人。

人們很快就乾黃乾瘦了，年老有病的不斷死亡，也買不到棺木，都用蓆子裹起來，找乾地方暫時埋葬。

那年我七歲，剛上小學，小學也因為水災放假了，我也整天和孩子們到野地裏去撈小魚小蝦，捕捉螞蚱、蟬和牠的原蟲，尋找野菜，尋找所有綠色的、可以吃的東西。常在一起的，就有菜虎家的一個小閨女，叫做盼兒的。因為她母親有癆病，長年喘嗽，這個小姑娘長得很瘦小，可是她很能幹活，手腳利索，眼快；在這種生活競爭的場所，她常常大顯身手，得到較多較大的收穫，這樣就會有爭奪，比如一個螞蚱、一棵野菜，是誰先看見的。

孩子們不懂事，有時問她：「你爹叫菜虎，你們家還沒有菜吃？還挖野菜？」

她手腳不停地挖着土地，回答：「你看這道兒，能走人嗎？更不用說推車了，到哪裏去薅菜呀？一家人都快餓死了！」

孩子們聽了，一下子就感到確實餓極了，都一屁股坐在泥地上，不說話了。

忽然在遠處高坡上，出現了幾個外國人，有男有女，男的穿着中國式的長袍馬褂，留着大鬍子，女的穿着裙子，披

着金黃色的長髮。

「鬼子來了。」孩子們站起來。

作為庚子年這一帶義和團抗擊洋人失敗的報償，外國人在往南八里地的義里村，建立了一座教堂，但這個村莊沒有一家在教①。現在這些洋人是來視察水災的。他們走了以後，不久在義里村就設立了一座粥廠。村裏就有不少人到那裏去喝粥了。

又過了不久，傳說菜虎一家在了教。又有一天，母親回到家來對我說：「菜虎家把閨女送給了教堂，立時換上了洋布衣裳，也不愁餓死了。」

我當時聽了很難過，問母親：「還能回來嗎？」

「人家說，就要帶到天津去呢，長大了也可以回家。」母親回答。

可是直到我離開家鄉，也沒見這個小姑娘回來過。我也不知道外國人一共收了多少小姑娘，但我們這個村莊確實就只有她一個人。

菜虎和他多病的老伴早死了。

現在農村已經看不到菜虎用的那種小車，當然也就聽不到它那種特有的悠揚悅耳的聲音了。現在的手推車都換成了膠皮軲轆，推動起來，是沒有多少聲音的。

一九八〇年九月二十九日晨

---

① 在教，指信教。

光 棍

導讀

　　本文作於 1980 年，後收入《澹定集》，是「鄉里舊聞」系列中的一篇。本文所言的「光棍」，並非我們一般意義上理解的「單身漢」，而是對地痞流氓的一種稱謂。這一說法早在元雜劇、明清小說中就有，現代作家老舍的《駱駝祥子》裏也使用過，「劉四爺的臉由紅而白，把當年的光棍勁兒全拿了出來。」

　　《光棍》開篇即簡練地追溯了城市裏「青皮」、「混混兒」的形態與發展，進而直接引出「光棍」，即「鄉下的混混兒」，他們是農民羣體中的一類特殊人物，作者大致勾勒了他們的童年經歷、成長形態等人生軌跡，並總結了兩種結局：有的混上去了，算是「順利的一途」；也有「偶一嘗試，又返回正道」的。

　　文章的大部分篇幅是在詳寫他所親歷的鄉里的光棍，以老索和姓曹的恩怨作為一個由頭，展開老索的兩個兒子之間的較量，弟弟豹把哥哥虎殺死了，又再引出一段舊事：老索的一個堂兄弟五湖也曾經殺死了哥哥，呼應開頭所提到「家風」問題，彷彿是五湖的殘忍與兇暴傳給了下一代，造成了虎與豹的悲劇。

　　作者寫「壞人」，有批判的意味，但最終目的是為了理解這些人，理解他們的有限性與複雜性。而對於讀者似乎也是一種警示：「要之，不以生活之變化自傷其心，喪其初志，動搖其大節。此志士仁人之所能，為可貴耳。」（《生辰自述》）

　　幼年時，就聽說大城市多產青皮、混混兒，鬥狠不怕死，在茫茫人海中成為謀取生活的一種道路。但進城後，因為革命聲勢，此輩已銷聲斂跡，不能見其在大庭廣眾之中，行施其伎倆。「十年動亂」之期，流氓行為普及里巷，然已經「發跡變態」，似乎與前所謂混混兒者，性質已有懸殊。

　　其實，就是在鄉下，也有這種人物的，十里之鄉，必有仁義，也必有歹徒。鄉下的混混兒，名叫光棍。一般的，這類人幼小失去父母，家境貧寒，但長大了，有些聰明，不甘心受苦。他們先從賭博開始，從本村賭到外村，再賭到集市廟會。他們能在大戲台下，萬人圍聚之中，吆三喝四，從容不迫，旁若無人，有多大的輸贏，也面不改色。當在賭場略略站住腳步，就能與官面上勾結，也可能當上一名巡警或是衙役。從此就可以包辦賭局，或窩藏娼妓。這是順利的一途。其在賭場失敗者，則可以下關東，走上海，甚至報名當兵，在外鄉流落若干年，再回到鄉下來。

　　我的一個遠房堂兄，幼年隨人到了上海，做織布徒工。失業後，沒有飯吃，他蠆了幾個西瓜到街上去賣，和人爭執起來，他手起刀落，把人家頭皮砍破，被關押了一個月。出來後，在上海青紅幫內，也就有了小小的名氣。但他究竟是一個農民，家裏還有一點點恆產，不到中年就回家種地，也娶妻生子，在村裏很是安分。這是偶一嘗試，又返回正道的一例，自然和他的祖祖輩輩的「門風」有關。

　　在大街當中，有一個光棍名叫老索，他中年時官至縣城的巡警，不久廢職家居，養了一籠畫眉。這種鳥兒，在鄉下常常和光棍做伴，可能牠那種霸氣勁兒，正是主人行動的陪襯。

老索並不魚肉鄉里，也沒人去招惹他。光棍一般的並不在本村為非作歹，因為期壓鄉鄰，將被人瞧不起，已經夠不上光棍的稱號。但是，到外村去闖光棍，也不是那麼容易。相隔一里地的小村莊，有一個姓曹的光棍，老索和他有些輸贏帳。有一天，老索喝醉了，拿了一把捅豬的長刀，找到姓曹的門上，聲言：「你不還帳，我就捅了你。」姓曹的聽說，立時把上衣一脫，拍着肚臍說：「來，照這個地方。」老索往後退了一步，說：「要不然，你就捅了我。」姓曹的二話不說，奪過他的刀來就要下手。老索轉身往自己村裏跑，姓曹的一直追到他家門口。鄉親攔住，才算完事。從這一次，老索的光棍，就算「栽了」。

　　他雄心不死，他把希望寄託在下一代，他生了三個兒子，起名虎、豹、熊。姓曹的光棍窮得娶不上妻子，老索希望他的兒子能重新建立他失去的威名。

　　三兒子很早就得天花死去了，少了一個熊。大兒子到了二十歲，娶了一門童養媳，二兒子長大了，和嫂子不清不楚。有一天，弟兄兩個打起架來，哥哥拿着一根粗大杠，弟弟用一把小魚刀，把哥哥刺死在街上。在鄉下，一時傳言，豹吃了虎。村裏怕事，倉促出了殯，民不告，官不究，弟弟到關東去躲了二年，趕上抗日戰爭，才回到村來。他真正成了一條光棍。那時村裏正在成立農會，聲勢很大，村兩頭鬧派性，他站在西頭一派，有一天，在大街之上，把新任的農會主任撞倒在地。在當時，這一舉動，完全可以說成是長地富的威風，但一查他的三代，都是貧農，就對他無可奈何。我們有很長時期，是以階級鬥爭代替法律的。他和嫂嫂同

居，一直到得病死去。他嫂子現在還活着，有一年我回家，清晨路過她家的小院，看見她開門出來，風姿雖不及當年，並不見有甚麼愁苦。

這也是一種門風，老索有一個堂房兄弟名叫五湖。我幼年時，他在街上開小麵鋪，兼賣開水。他用竹簪把頭髮盤在頭頂上，就像道士一樣。他養着一匹小毛驢，就像大個山羊那麼高，但鞍、鐙、鈴鐺齊全，打扮得很是漂亮。我到外地求學，曾多次向他借驢騎用。

麵鋪的後邊屋子裏，住着他的寡嫂。那是一位從來也不到屋子外面的女人，她的房間裏，一點光線也沒有。她信佛，掛着紅布圍裙的迎門桌上，長年香火不斷。這可能是避人耳目，也可能是懺悔吧。

據老年人說，當年五湖也是因為這個女人把哥哥打死的，也是到關東躲了幾年，小毛驢就是從那裏騎回來的。五湖並不像是光棍，他一本正經，神態岸然，倒像經過修身養性的人。鄉人嘗謂：如果當時有人告狀，五湖受到法律制裁，就不會再有虎豹間的悲劇。

一九八〇年九月二十九日晨

同口舊事

——《琴和簫》代序

導讀

　　本文作於 1981 年，後收入《澹定集》。文章一開頭便點出「我」和同口這個地方的因緣，簡明交代因何之故而去同口，開門見山，引出關鍵性的人物——「中學同學黃振宗和侯士珍」，這是第一部分。接下來，第二、三部分則分別敍述「我」和這兩位同學的交往，裏面有細節記憶、人物分析與評點，更重要的是作家對這兩個人的理解、同情與紀念，甚至可以看做是為他們所作的小傳。文章前三部分均由 1936 年這段同口經歷導出，第四、五部分是 1947 年去同口的情形，先到安新縣，再去同口，各寫一部分。在安新受隆昌商店經理劉紀的款待，作家「感念」他的「熱情的幫助和鼓勵」，並憶及劉紀後來的人生，兼及劉紀的高小老師——劉通庸，作家讚美他們的美好品質，對他們的遭遇寄予了深深的同情。在同口，作者曾寫作《一別十年同口鎮》、《安新遊記》等篇，「在同年冬季土地會議上，受到了批判」，作家分析了當時的特殊環境及某些人不妥當的工作方式，客觀地看待了這一批判。文章第六部分照應開頭，寫自己教書的那所小學校目前有聯繫的學生近況，以及學生們對自己的關心；呼應了本文的寫作緣起。

　　文章以「同口舊事」為題，作家以自己前後兩次去同口的

經歷為依託，追憶人、事及各種變遷，體現出他對人性美好的禮讚；同時也有對人性局限的深刻洞察，比如黃振宗的放縱生活、雜亂交遊，侯士珍的「好弄一些小權術」，以及「和文藝工作有些關係的人」擺官架子等。除此之外，文章在行文思路上還做了一些隱性線索的安排，前面三部分由老同學「從事政治、軍事活動」而「死非其命或死非其所」的結局導出「熱心於學術者」「危險還小些」，後面兩部分則自然提及「農村知識分子」劉紀在「三反」、「五反」運動中受批評，而「我」在土地會議上「受到了批判」。這和作家的思考力是相關的。賈平凹給孫犁寫信説：「您是真正的藝術家，是有體系的作家！」這個「體系」可能就是指對人、事的反思能力吧。

一

　　我是一九三六年暑假後，到同口小學教書的。去以前，我在老家失業閒住。有一天，縣郵政局送來一封掛號信，是中學同學黃振宗和侯士珍寫的。信中說，已經給我找到一個教書的位子，開學在即，希望即日赴保定。並說上次來信，寄我父親店鋪，因地址不確被退回，現從同學錄查到我的籍貫。我於見信之次日，先到安國，告知父親，又次日僱騾車赴保定，住在南關一小店內。當晚見到黃侯二同學。黃即拉我到娛樂場所一遊，要我請客。

　　在保定住了兩日，即同侯和他的妻子，還有新聘請的兩位女教員，僱了一輛大車到同口。侯的職務是這個小學的教務主任，他的妻子和那兩位女性，在同村女子小學教書。

二

　　黃振宗是我初中時同班，保定舊家子弟，長得白皙漂亮，人亦聰明。在學校時，常演話劇飾女角，文章寫得也不錯，有時在校刊發表。並能演說，有一次，張繼到我校講演，講畢，黃即上台，大加駁斥，聲色俱厲。他那時，好像已經參加共產黨。有一天晚上，他約我到操場散步，談了很久，意思是要我也參加。我那時覺悟不高，一心要讀書，又記着父親囑咐的話：不要參加任何黨派，所以沒有答應，他也沒有表示甚麼不滿。又對我說，讀書要讀名著，不要只讀雜誌報刊，書本上的知識是完整的、系統的，而報章雜誌上的文章，是零碎的，紛雜的。他的這一勸告，我一直記在心中，受到益處。當時我正埋頭在報紙文學副刊和社會科學

的雜誌裏。有一種叫《讀書雜誌》，每期都很厚，佔去不少時間。

他畢業後，考入北平中國大學，住在西安門外一家公寓裏面，我在東城象鼻子中坑小學當事務員，時常見面。他那時好喝酒，講名士風流，有時喝醉了，居然躺在大街上，我們只好把他拉起來。大學沒有畢業，他回到保定培德中學教國文，風流如故，除經常去妓院，還交接着天華商場說大鼓書的一位女藝人。

一九三九年，我在晉察冀通訊社工作。冬季，李公樸到邊區參觀，黃是他的祕書，騎着瞎了一隻眼的日本大洋馬，走在李公樸的前面。在通訊社我和他見了面。那時不知李公樸來意，機關頗有戒心，他也沒有和我多談。我見他口袋裏插的鋼筆不錯，很想要了他的，以為他回到大後方，鋼筆有的是。他卻不肯給。下午，我到他的駐地看望他，他卻自動把鋼筆給了我。以後就沒有見過面。

解放以後，我只是在一個京劇的演出廣告上，見到他的筆名，好像是編劇。不知為甚麼，我現在總感覺他已經不在人世了。他體質不好，又很放縱，交遊也雜亂。至於他當初不肯給我鋼筆，那不能算吝嗇，正如太平年月，千金之子，肥馬輕裘之贈，不能算作慷慨一樣。那時物質條件困難，為一支蘸水鋼筆尖，或一個不漏水的空墨水瓶，也發生過爭吵、爭奪。

三

侯士珍，定縣人，育德中學師範專修班畢業。在校時，

任平民學校校長，與一女生戀愛結婚，畢業後，由育德中學校方介紹到保定第二女子師範當職員。後又到南方從軍，不久回保定，失業，募捐辦一小報。記得一年暑假，我們同住在育德中學的小招待樓裏，他時常給我們唱《國際歌》和《少年先鋒歌》。

到同口小學後，他兼音樂課和體操課。他在校外租了一間房，閒時就和同事們打小牌。他精於牌術，贏一些錢，補助家用。我是一次也沒有參加過的。我住在校內，有一天中午，我從課堂上下來，在我的宿舍裏，他正和一位常到學校賣書的小販談話。小販態度莊嚴，侯肅然站立在他的面前聆聽着。抗日以後，這位書販當了區黨委的組織部長。使我想起，當時在我的屋子裏，他大概是在向侯傳達黨的任務吧。侯在同口有了一個女孩，要我給起個名兒，我查了查字典，取了「茜茜」二字。

侯為人聰明外露，善於交際，讀書不求甚解，好弄一些小權術，頗得校長信任。一天夜裏，有人在院中貼了一張大傳單，說侯是共產黨。侯說是姓陳的訓育主任陷害他，要求校長召集會議，聲稱有姓陳的就沒有姓侯的。我忘記校長是怎樣處置這個事件的，好像是誰也沒有離開吧。不知為甚麼，我當時頗有些不相信是那位姓陳的幹的，倒覺得是侯的一種先發制人的權謀。不久，學校也就放暑假，「盧溝橋事變」也發生了。

暑假以後，因為天下大亂，家鄉又發了大水，我就沒有到學校去。侯在同口、馮村一帶，同孟慶山組織抗日游擊隊，成立河北游擊軍，侯當了政治部主任。聽說他扣押了同

口二班的一個地主，隨軍帶着，勒索軍餉。

冬季，由我縣抗日政府轉來侯的一封信，叫我去肅寧看看。家裏不放心，叫堂弟同我去。我在安平縣城，見到縣政指導員李子壽，他說司令部電話，讓我隨新收編的楊團長的隊伍去。楊係土匪出身，隊伍更不堪言，長袍、袖手、無槍者甚眾。楊團長給了我一匹馬。一路上隊伍散漫無章，至晚才到了肅寧，其實只有七十里路。司令部有令：楊團暫住城外。我只好隻身進城，被城門崗兵用刺刀格住。經聯繫，先見到政治部宣傳科劉科長。很晚才見到侯。那時的肅寧城內大街，燈火明亮，人來人往，抗日隊伍歌聲雄壯，飯鋪酒館，家家客滿，鍋勺相擊，人聲喧騰。

侯同他的愛人帶着茜茜，住在一家地主很深的宅子裏，他把盒子槍上好子彈，放在身邊。

第二天，他對我說，「這裏太亂，你不習慣。」正好有人民自衛軍司令部的一輛卡車，要回安國，他託呂正操的閻參謀長，把我帶去。上車時風很大，他又去取了一件舊羊皮軍大衣，叫我路上禦寒。到了安國，我見到閻素、陳喬、李之璉等過去的同學同事，他們都在呂的政治部工作。

一九三八年春天，人民自衛軍司令部駐紮安平一帶，我參加了抗日工作。一天，侯同家屬、警衛，騎着肥壯高大的馬匹來到安平，說是要調到山裏學習，我盡地主之誼，請他們到家裏吃了一頓飯。侯沒有談甚麼，他的妻子精神有些不佳。

一九三九年，我調到山裏，不久就聽說，侯因政治問題，已經不在人間。詳細情形，誰也說不清楚。

今年，有另一位中學同學的女兒從保定來，是為她的父親謀求平反的。說侯的妻子女兒，也都不在了。他的內弟劉韻波，是在晉東南抗日戰場上犧牲的。這人我曾在保定見過，在同口，侯還為他舉行過音樂會，美術方面也有才能。

當時代變革之期，青年人走在前面，充當搏擊風雲的前鋒。時代賴青年推動而前，青年亦乘時代風雲沖天高舉。從事政治、軍事活動者，最得風氣之先。但是，我們的國家，封建歷史的黑暗影響，積壓很重。患難相處時，大家一片天真，尚能共濟，一旦有了名利權勢之爭，很多人就要暴露其缺點，有時就死非其命或死非其所了。熱心於學術者，表現雖稍落後，但就保全身命來說，所處境地，危險還小些。當然遇到「文化大革命」，雖是不問政治的書呆子，也就難以逃脫其不幸了。

四

一九四七年，我又到白洋淀一行。我雖然在《冀中導報》吃飯，並不是這家報紙的正式記者。到了安新縣，就沒有按照採訪慣例，到縣委宣傳部報到，而是住在端村冀中隆昌商店。商店的經理是劉紀，原是新世紀劇社的指導員，為人忠誠熱情，是個典型的農村知識分子。在他那裏，我寫了幾篇關於葦民生活的文章，因為是商店，吃得也比較好。

劉紀在「三反」、「五反」運動中，受到批評，也受到一些委屈，精神有很長時間失常。現在完全好了，家在天津，還是不忘舊交，常來看我。他好寫詩，有新有舊，訂成許多大本子，也常登台朗誦。

他的記憶力，自從那次運動以來，顯然是很不好，常常丟失東西。「文化大革命」後期，我在佟樓謫所，他從王林處來看我，坐了一會兒走了，隨即有于雁軍追來，說是劉紀錯騎了她的車子。我說他已經走了老半天，你快去追吧。于雁軍剛走，劉紀的兒子又來了，說他爸爸的眼鏡丟了，是不是在我這裏。我說：「你爸爸在我這裏，他攜帶甚麼東西，走時我都提醒他，眼鏡確實沒丟在這裏，你到王林那裏去找吧！」他兒子說：「你提醒他也不解決問題，他前些日子去北京，住在劉光人叔叔那裏，都知道他丟三落四，臨走叔叔阿姨都替他打點雜物，送他出門，在路上還不斷問他落下東西沒有，他說，這次可帶全了，甚麼也沒落下。到了車站，才發現他忘了帶車票！」

我一直感念劉紀，對我那段生活和工作，熱情的幫助和鼓勵。那次在佟樓見面，我送了他三部書，一、石印《授時通考》，二、石印《南巡大典》，三、影印《雲笈七籤》。其實都不是甚麼貴重之物。那時發還了抄家物品，我正為書多房子小發愁，也擔心火警。每逢去了抽煙的朋友，我總是手托着煙盤，侍立在旁邊，以免火星飛到破爛的舊書上。送給他一些書，是減去一些負擔，也減去一些擔驚受怕。但他並不嫌棄這些東西，表示很高興要。在那時，我的命運尚未最後定論，書也還被認為是「四舊」之一，我上趕送別人幾本，有時也會遭到拒絕。所以我覺得劉確是個忠厚的人。

這就使我聯想到另一個忠厚的人，劉紀的高小老師，名叫劉通庸。抗日時我認識了他，教了一輩子書，讀了一輩子進步的書，教出了許多革命有為的學生，本身樸實得像個農

民，對人非常熱情、坦率。

我在蠡縣的時候，常常路過他的家，他那時已經患了神經方面的病症，我每次去看他，他總不在家，不是砍草拾糞，就是放羊去了。他的書很多，堆放在東間炕頭上，我每次去了，總要上炕去翻看一陣子，合適的就帶走。他的老伴，在西間紡線，知道是我，從來也不聞不問，只管幹她的活。

五

既然到了安新，我就想到同口去看看，說實在話，我想去那裏，並不是基於甚麼懷舊之情。到了那裏，也沒有找過去的同事熟人，我知道很多人到外面工作去了。我投宿在老朋友陳喬的家裏，這也是抗日戰爭期間養成的習慣，住在有些關係的戶，在生活上可以得到一些特殊照顧。抗日期間，是統一戰線政策，找房子住，也不注意階級成分，住在地主、富農家裏，房間、被褥、飲食，也方便些。

但這一次卻因為我在《一別十年同口鎮》這篇文章的結尾，說了幾句朋友交情的話，其實也是那時黨的政策，連同《新安遊記》等篇，在同年冬季土地會議上，受到了批判。這兩篇文章，前者的結尾，後者的開頭，後來結集出版時，都做過修改。此次淮舟從報紙複製編入，一字未動，算是復其舊觀。也看不出有甚麼問題，這是因為時過境遷，人的觀點就隨着改變了。當時弄得那麼嚴重，主要是因為我的家庭成分，趕上了時候，並非文字之過。同時，山東師範學院也發現了《冀中導報》上的批判文章，也函請他們複製寄採，以存歷史實際。

　　我是老冀中，認識人也不少，那裏的同志們，大體對我還算是客氣的。有時受批，那是因為我不知趣。土改以後，我在深縣工作半年，初去時還「背着一點黑鍋」，但那時同志間，畢竟是寬容的，在我離開那裏的時候，縣委組織部長穆濤給我的鑒定是：知識分子與工農幹部相結合的模範！這絕不是我造謠，穆濤還健在。

　　當然，我不能承擔這麼高的評語。但我在戰爭年代，和羣眾相處，也確實還合得來。在那種環境，如果像目前這樣生活，我就會吃不上飯，穿不上鞋襪，也保全不住性命。這麼說，也有些可以總結的經驗嗎？有的。對工農幹部的團結接近，我的經驗有兩條，一、無所不談，二、煙酒不分。在深縣時，縣長、公安局長，婦聯主任都和我談得來。對於羣眾，到了一處，我是先從接近老太太們開始，一旦使她們對我有了好感，全村的男女老少，也就對我有了好感。直到現在，還有人說我善於拍老太太們的馬屁。此外，因為我一向不是官兒，不擔任具體職務，羣眾就會對我無所要求，也無所顧忌。對他們來說，我就像山水花鳥畫一樣，無益也無害。這樣說個家長里短的，就很方便。此外，為人處世，就沒有甚麼好的經驗可以總結了。對於領導我的人，我都是很尊重的，但又不願多去接近，對於和文藝工作有些關係的人，雖不一定是領導，文化修養也不一定高，卻有些實權，好擺點官架，並能承上啟下，匯報情況的人，我卻常常應付不得其當。

六

話已經扯得很遠，還是回到同口來吧。聽說，我教書的那所小學校，樓房拆去了上層，下層現在是公社的倉庫。當年同事，有死亡的，也有健在的。在天津，近幾年，發見兩個當年的學生，一個是六年級的劉學海，現任水利局局長，前幾天給我送來一條很大的魚。一個是五年級的陳繼樂，在軍隊任通訊處長，前些時給我送來一瓶香油。劉學海還說，我那時教國文，不根據課本，是講一些革命的文藝作品。對於這些，我聽起來很新鮮，但都忘記了。查《善闇室紀年》，關於同口，還有這樣的記載：「『五四』紀念，作講演。學生演出之話劇，係我所作，深夜突擊，吃冷饅頭、熬小魚，甚香。」

淮舟在編我的作品目錄時，忽然想編一本書，包括我寫的關於白洋淀的全部作品。最初，我是一點興趣也沒有的，也不好打他的興頭。又要我寫序，因此聯想起很多舊事，寫起來很吃力，有時也並不是很愉快的。因為對於這一帶人民的貢獻和犧牲來說，在文藝作品中的反映，是太薄弱了。

一九八一年六月十七日雨後寫訖

報紙的故事

導讀

　　本文作於 1982 年，後收入《尺澤集》，是其中「鄉里舊聞」系列的一篇文章。記敘的是孫犁在 1936 年左右失業在家，訂閱報紙的故事。作家曾在多篇文章裏提到這一失業背景，如《〈善闇室紀年〉摘抄》中説：「有時家居，有時在北平，手不釋卷，練習作文，以妻之衣櫃為書櫃，以場院樹蔭為讀書地，訂《大公報》一份。」

　　這是一份珍貴的個人記憶，亦是一份難得的歷史資料，文中提及了 20 世紀 30 年代的某些報紙，從側面反映了當時報業發展的情況。在作者看來，《大公報》「是一份嚴肅的報紙，是一些有學問的、有事業心的、有責任感的人，編輯的報紙」；「《小實報》是北平出版的一種低級市民小報」；「《益世報》、《庸報》，都是不學無術的失意政客們辦的」。作者非常欣賞《大公報》的文章，其中的文藝副刊給作者留下了深刻印象，還曾投過稿，這也是作者失業在家堅持訂閱這份報紙的一個原因：看看自己的稿子是否發表。

　　在這篇有歷史記錄意義的文章裏，流露着作者對父親、妻子的深深感激，全篇洋溢着滿足感和幸福感。父親愛子心切，用多糶一斗麥子的錢給自己訂報紙。妻子也很關心自己文章在《大公

報》副刊發表的情況。所訂閱的那一個月的報紙，後來用於裱糊房屋了，「妻刷糨糊我糊牆。我把報紙按日期排列起來，把有社論和副刊的一面，糊在外面，把廣告部分糊在頂棚上。」這樣，「我就可以脫去鞋子，上到炕上，或仰或臥，或立或坐，重新閱讀我所喜愛的文章了。」愉悅之情躍然紙上。《報紙的故事》亦是一篇關於閱讀的愉快經歷。

　　一九三五年的春季，我失業家居。在外面讀書看報慣了，忽然想訂一份報紙看看。這在當時確實近於一種幻想，因為我的村莊，非常小又非常偏僻，文化教育也很落後。例如村裏雖然有一所小學校，歷來就沒有想到訂一份報紙。村公所就更談不上了。而且，我想要訂的還不是一種小報，是想要訂一份大報，當時有名的《大公報》。這種報紙，我們的縣城，是否有人訂閱，我不敢斷言，但我敢說，我們這個區，即子文鎮上是沒人訂閱過的。

　　我在北京住過，在保定學習過，都是看的《大公報》。現在我失業了，住在一個小村莊，我還想看這份報紙。我認為這是一份嚴肅的報紙，是一些有學問的、有事業心的、有責任感的人，編輯的報紙。至於當時也是北方出版的報紙，例如《益世報》、《庸報》，都是不學無術的失意政客們辦的，我是不屑一顧的。

　　我認為《大公報》上的文章好。它的社論是有名的，我在中學時，老師經常選來給我們當課文講。通訊也好，有長江等人寫的地方通訊，還有趙望雲的風俗畫。最吸引我的還是它的副刊，它有一個文藝副刊，是沈從文編輯的，經常登載青年作家的小說和散文。還有小公園，還有藝術副刊。

　　說實在的，我是想在失業之時，給《大公報》投投稿，而投了稿子去，又看不到報紙，這是使人苦惱的。因此，我異想天開地想訂一份《大公報》。

　　我首先，把這個意圖和我結婚不久的妻子說了說。以下是我們的對話實錄：「我想訂份報紙。」

　　「訂那個幹甚麼？」

「我在家裏閒着很悶，想看看報。」

「你去訂吧。」

「我沒有錢。」

「要多少錢？」

「訂一月，要三塊錢。」

「啊！」

「你能不能借給我三塊錢？」

「你花錢應該向咱爹去要，我哪裏來的錢？」

談話就這樣中斷了。這很難説是愉快，還是不愉快，但是我不能再往下説了。因為我的自尊心，確實受了一點損傷。是啊，我失業在家裏待着，這證明書就是已經白唸了。白唸了，就安心在家裏種地過日子吧，還要訂報。特別是最後這一句：「我哪裏來的錢？」這對於作為男子漢大丈夫的我，確實是千鈞之重的責難之詞！

其實，我知道她還是有些錢的，作個最保守的估計，她可能有十五元錢。當然她這十五元錢，也是來之不易的。是在我們結婚的大喜之日，她的「拜錢」。每個長輩，賞給她一元錢，或者幾毛錢，她都要拜三拜，叩三叩。你計算一下，十五元錢，她一共要起來跪下、跪下起來多少次啊。

她把這些錢，包在一個紅布小包裏，放在立櫃頂上的陪嫁大箱裏，箱子落了鎖。每年春節閒暇的時候，她就取出來，在手裏數一數，然後再包好放進去。

在妻子面前碰了釘子，我只好硬着頭皮去向父親要，父親沉吟了一下説：「訂一份《小實報》不行嗎？」

我對書籍、報章，欣賞的起點很高，向來是取法乎上

的。《小實報》是北平出版的一種低級市民小報，屬於我不屑一顧之類。我沒有説話，就退出來了。

父親還是愛子心切，晚上看見我，就説：「願意訂就訂一個月看看吧，集晌多糶一斗麥子也就是了。長了可訂不起。」

在鎮上集日那天，父親給了我三塊錢，我轉手交給郵政代辦所，匯到天津去。同時還寄去兩篇稿子。我原以為報紙也像取信一樣，要走三里路來自取的，過了不久，居然有一個專人，騎着自行車來給我送報了，這三塊錢花得真是氣派。他每隔三天，就騎着車子，從縣城來到這個小村，然後又通過彎彎曲曲的，兩旁都是黃土圍牆的小胡同，送到我家那個堆滿柴草農具的小院，把報紙交到我的手裏。上下打量我兩眼，就轉身騎上車走了。

我坐在柴草上，讀着報紙。先讀社論，然後是通訊、地方版、國際版、副刊，甚至廣告、行情，都一字不漏地讀過以後，才珍重地把報紙疊好，放到屋裏去。

我的妻子，好像是因為沒有借給我錢，有些過意不去，對於報紙一事，從來也不聞不問。只有一次，帶着略有嘲弄的神情，問道：「有了嗎？」

「有了甚麼？」

「你寫的那個。」

「還沒有。」我説。其實我知道，她從心裏是斷定不會有的。

直到一個月的報紙看完，我的稿子也沒有登出來，證實了她的想法。

這一年夏天雨水大，我們住的屋子，結婚時裱糊過的頂棚、壁紙，都脫落了。別人家，都是到集上去買舊報紙，重新糊一下。那時日本侵略中國，無微不至，他們的舊報，如《朝日新聞》、《讀賣新聞》，都傾銷到這偏僻的鄉村來了。妻子和我商議，我們是不是也把屋子糊一下，就用我那些報紙，她說：「你已經看過好多遍了，老看還有甚麼意思？這樣我們就可以省下塊數來錢，你訂報的錢，也算沒有白花。」

我聽她講的很有道理，我們就開始裱糊房屋了，因為這是我們的幸福的窩巢呀。妻刷糨糊我糊牆。我把報紙按日期排列起來，把有社論和副刊的一面，糊在外面，把廣告部分糊在頂棚上。

這樣，在天氣晴朗，或是下雨颱風不能出門的日子裏，我就可以脫去鞋子，上到炕上，或仰或臥，或立或坐，重新閱讀我所喜愛的文章了。

一九八二年二月九日

外祖母家

導讀

　　本文作於 1982 年，後收入《尺澤集》，是其中「鄉里舊聞」系列的一篇文章。本文題名曰「外祖母家」，記述的是外祖母家的人。文章前半段，作者根據母親的記憶，勾勒了一組人物羣像，外祖母家以織布為生，外祖母、母親、二姨輪流上機子織布；三姨、四姨幫着經、紡；外祖父種地、賣布。羣像之中又蘊藏着若干細節描寫，有畫面：「機子上掛一盞小油燈」；有聲音：「也不知道他唸的是甚麼書，只聽着隔幾句，就『也』一聲，拉的尾巴很長，也是一唸就唸到雞叫」；有色彩：織布機「煙熏火燎，通身變成黑色的了」。

　　羣像之後是幾幅肖像描寫，隨着外祖父母去世，新一輩的闖蕩開始，大舅父下關東；二舅父十幾歲和我叔父一起趕車拉腳。各自的結局是，二舅父為一個女人自殺；大舅父闖關東回來，學會了打獵，一次抽風發病，獵槍被偷走，遂一病不起；二姨母一家，也去了關東。

　　文章從一個記憶裏的故事説起，通過描寫外祖母家的經歷，揭示生活的不易；後面大舅父、二舅父的遭遇似乎又意在表達，有掙扎着活的，也有輕易死去的，生活之途萬萬千千，每個人都有自己的選擇。

孫犁以平實的筆調記述着外祖母家的舊事，他寫他記得的每
一個人，每一件事，賦予每一個人以獨立存在的價值，不予道德
評論，只是貼近他們，小心地寫下來，而且充滿温情和眷戀。

　　外祖母家是彪塚村，在滹沱河北岸，離我們家有十四五里路。當我初上小學，夜晚温書時，母親給我講過這樣一個故事：母親姐妹四人，還有兩個弟弟，母親是最大的。外祖父和外祖母，只種着三畝當來的地，一家八口人，全仗着織賣土布生活。外祖母、母親、二姨，能上機子的，輪流上機子織布。三姨、四姨，能幫着經、紡的，就幫着經、紡。人歇馬不歇，那張停放在外屋的木機子，晝夜不閒着，這個人下來吃飯，那個人就上去織。外祖父除種地外，每個集日（郎仁鎮）背上布去賣，然後換回線子或是棉花，賺的錢就買糧食。

　　母親說，她是老大，她常在夜間織，機子上掛一盞小油燈，每每織到雞叫。她家東鄰有個唸書的，準備考秀才，每天夜裏，大聲唸書，聲聞四鄰。母親說，也不知道他唸的是甚麼書，只聽着隔幾句，就「也」一聲，拉的尾巴很長，也是一唸就唸到雞叫。可是這個人唸了多少年，也沒有考中。正像外祖父一家，織了多少年布，還是窮一樣。

　　母親給我講這個故事，當時我雖然不明白，其目的是為了甚麼，給我留下很深的印象，一生也沒有忘記。是鼓勵我用功嗎？好像也沒有再往下說；是回憶她出嫁前的艱難辛苦的生活經歷吧。

　　這架老織布機，我幼年還見過，煙熏火燎，通身變成黑色的了。

　　外祖父的去世，我不記得。外祖母去世的時候，我記得大舅父已經下了關東。二舅父十幾歲上就和我叔父趕車拉腳。後來遇上一年水災，叔父又對父親說了一些閒話，我父

親把牲口賣了，二舅父回到家裏，沒法生活。他原在村裏和一個婦女相好，女的見從他手裏拿不到零用錢，就又和別人好去了。二舅父想不開，正當年輕，竟懸樑自盡。

大舅父在關東混了二十多年，快五十歲才回到家來。他還算是本分的，省吃儉用，帶回一點錢，買了幾畝地，娶了一個後婚[①]，生了一個兒子。

大舅父在關外學會打獵，回到老家，他打了一條鳥槍，春冬兩閒，好到野地裏打兔子。他槍法很準，有時串遊到我們村莊附近，常常從他那用破布口袋縫成的掛包裏，掏出一隻兔子，交給姐姐。母親趕緊給他去做些吃食，他就又走了。

他後來得了抽風病。有一天出外打獵，病發了，倒在大道上，路過的人，偷走了他的槍枝。他醒過來，又急又氣，從此竟一病不起。

我記得二姨母最會講故事，有一年她住在我家，母親去看外祖母，夜裏我哭鬧，她給我講故事，一直講到母親回來。她的丈夫，也下了關東，十幾年後，才叫她帶着表兄找上去。後來一家人，在那裏落了戶。現在已經是人口繁衍了。

一九八二年五月三十日

---

① 後婚，再婚。此處指之前結過婚的人。

根雨叔

導讀

　　本文作於 1982 年，後收入《尺澤集》，是其中「鄉里舊聞」系列的一篇文章。本文講根雨叔，連帶着講根雨叔的上輩與下輩的生活，文末揭示出一個道理，「一輩跟一輩，輩輩不錯制兒」。上代人的經歷彷彿會在下代人身上重現。其一表現在對待自己的妻子方面：根雨叔的父親「因為窮，在根雨還很小的時候，就把他的妻子，弄到河北邊，賣掉了」；根雨叔呢，據「人們傳説」，把自己得了瘋病的媳婦「領到遠地方扔掉了」。其二表現在死法上，根雨叔的父親「嫌兒子不孝順，忽然上吊死了」；根雨叔在兒子娶了媳婦後，常和兒子吵架，後來「學了他父親的樣子，死去了」。

　　伴隨着根雨叔主線故事的展開，我們也領略了一些如今看起來比較陌生的背景，比如織網罩與磨麪。根雨叔「和姑娘們坐在一起織網罩，給人一種男不男女不女的感覺」；磨麪時，「根雨叔從早到晚在磨坊裏工作，非常勤奮和歡快」。根雨叔雖然性格暴躁，但也在認真地尋求着自己的生活，織網罩的活兒沒了，就去新開的磨坊磨麪，麪坊停業就給人家「打短工，當長工」，一直頑強地與艱苦的生活作鬥爭。

　　對於努力生活的人們來説，生活並非都給他們出路，他們的

心也就慢慢「狠」起來了，最後的下場也很悲慘。作者注視着身邊的這些生死大事，似乎有意無意地涉及了樸素的因緣報應。文章寫於 1982 年 6 月 2 日，作者探問「延續了兩代人的悲劇，現在可以結束了吧？」藝術家對個體命運的關懷及責任感，由此窺見一斑。

　　根雨叔和我們，算是近支。他家住在村西北角一條小胡同裏，這條胡同的一頭，可以通到村外。他的父親弟兄兩個，分別住在幾間土甓北房裏，院子用黃土牆圍着，院裏有幾棵棗樹，幾棵榆樹。根雨叔的伯父，秋麥常給人家幫工，是個老老實實的莊稼人，好像一輩子也沒有結過婚。他渾身黝黑，又乾瘦，好像古廟裏的木雕神像，被煙火熏透了似的。根雨叔的父親，村裏人都說他脾氣不好，我們也很少和他接近。聽說他的心狠，因為窮，在根雨還很小的時候，就把他的妻子，弄到河北邊，賣掉了。

　　民國六年，我們那一帶，遭了大水災，附近的天主教堂，開辦了粥廠，還想出一種以工代賑的家庭副業，叫人們維持生活。清朝滅亡以後，男人們都把辮子剪掉了，把這種頭髮接結起來，織成網子，賣給外國婦女作髮罩，很能賺錢。教會把持了這個買賣，一時附近的農村，幾乎家家都織起網罩來。所用工具很簡單，操作也很方便，用一塊小竹片作「製板」，再削一支竹梭，上好頭髮，街頭巷尾，年輕婦女們，都在從事這一特殊的生產。

　　男人們管頭髮和交貨。根雨叔有十幾歲了，卻和姑娘們坐在一起織網罩，給人一種男不男女不女的感覺。

　　人家都把辮子剪下來賣錢了，他卻逆潮流而動，留起辮子來。他的頭髮又黑又密，很快就長長了。他每天精心梳理，顧影自憐，真的可以和那些大辮子姑娘們媲美了。

　　每天清早，他擔着兩隻水筲，到村北很遠的地方去挑水。一路上，他「咦——咦」地唱着，那是崑曲《藏舟》裏的女角唱段。

不知為甚麼，織網罩很快又不時興了。熱熱鬧鬧的場面，忽然收了場，人們又得尋找新的生活出路了。

村裏開了一家麵坊，根雨叔就去給人家磨麵了。磨坊裏安着一座腳打羅，在那時，比起手打羅，這算是先進的工具。根雨叔從早到晚在磨坊裏工作，非常勤奮和歡快。他是對勞動充滿熱情的人，他在這充滿穢氣，掛滿蛛網，幾乎經不起風吹雨打，搖搖欲墜的破棚子裏，一會兒給拉磨的小毛驢掃屎填尿，一會兒撥磨掃磨，然後身靠南牆，站在羅牀踏板上：

踢踢韃，踢踢韃，踢躂踢躂踢踢韃……篩起麵來。

他的大辮子搖動着，他的整個身子搖動着，他的渾身上下都落滿了麵粉。他踏出的這種節奏，有時變化着，有時重複着，伴着飛揚灑落的麵粉，伴着拉磨小毛驢的打噴嚏、撒尿聲，伴着根雨叔自得其樂的歌唱，飄到街上來，飄到野外去。

麵坊不久又停業了，他又給本村人家去打短工，當長工。三十歲的時候，他娶了一房媳婦，接連生了兩個兒子。他的父親嫌兒子不孝順，忽然上吊死了。媳婦不久也因為吃不飽，得了瘋病，整天蜷縮在炕角落裏。根雨叔把大孩子送給了親戚，媳婦也忽然不見了。人們傳說，根雨叔把她領到遠地方扔掉了。

從此，就再也看不見他笑，更聽不到他唱了。土地改革時，他得到五畝田地，精神好了一陣子，二兒子也長大成人，娶了媳婦。但他不久就又沉默了，常和兒子吵架。冬天下雪的早晨，他也會和衣睡倒在村北禾場裏。終於有一天

夜裏，也學了他父親的樣子，死去了，薄棺淺葬。一年發大水，他的棺木沖到下水八里外一個村莊，有人來報信，他的兒子好像也沒有去收拾。

村民們説：一輩跟一輩，輩輩不錯制兒。延續了兩代人的悲劇，現在可以結束了吧？

一九八二年六月二日

吊掛及其他

◖ 導讀

　　本文作於 1982 年，後收入《遠道集》。本文介紹了作者老家的四種民俗：吊掛、鑼鼓、小戲、大戲，相當於一篇民俗學筆記。本文文字簡約，圍繞所記之物什展開，點染人物情態，讓人極有親切感。

　　作者非常善於「狀物」，寥寥幾筆，便將物件的形式全盤托出。比如，「吊掛是一種連環畫。每幅一尺多寬，二尺多長，下面作牙旗狀。每四幅一組，串以長繩，橫掛於街。每隔十幾步，再掛一組。一條街上，共有十幾組。」五句話即將吊掛的屬性、形制、運用細節，交代得一清二楚。再比如，「其鼓甚大，有架。鼓手執大棒二，或擊其中心，或敲其邊緣，緩急輕重，以成節奏。每村總有幾個出名的鼓手。遇有求雨或出村賽會，鼓載於車，鼓手立於旁，鼓棒飛舞，有各種花點，是最動人的。」四句話讀下來，鼓的形狀、敲擊方式、擊鼓時節、擊鼓場面，歷歷在目。

　　行文字裏行間，總能感受到作者真摯的筆觸和敏銳的觀察力。比如，他寫吊掛上的畫，婦女兒童「看不懂這些故事」。寫小戲，最後總結道，「在農村，一家遇喪事，眾人得歡心，總是因為平日文化娛樂太貧乏的緣故。」寫大戲，「扒台板」看戲的小伙子拼命擠到前面，「並誇口說，他看見坤角的小腳了」。

　　原原本本地表現農民的真實生活感受，不迴避，不篡改，文字清亮透徹，正如作者所言「美乃自然形成，非有意造作，以炫耀於觀眾也。」（《談美》）

吊掛

每逢新年，從初一到十五，大街之上，懸吊掛。

吊掛是一種連環畫。每幅一尺多寬，二尺多長，下面作牙旗狀。每四幅一組，串以長繩，橫掛於街。每隔十幾步，再掛一組。一條街上，共有十幾組。

吊掛的畫法，是用白布塗一層粉，再用色彩繪製人物山水車馬等等。故事多取材於《封神演義》、《三國演義》、《五代殘唐》或《楊家將》。其畫法與廟宇中的壁畫相似，形式與年畫中的連環畫一樣。在我的記憶中，新年時，吊掛只是一種裝飾，站立在下面的觀賞者不多。因為婦女兒童，看不懂這些故事，而大人長者，已經看了很多年，都已經看厭了。吊掛經過多年風雪吹打，顏色已經剝蝕，過了春節，就又由管事人收起來，放到家廟裏去了。吊掛與燈籠並稱。年節時街上也掛出不少有繪畫的紙燈籠，供人欣賞。雜貨鋪掌櫃叫變吉的，每年在門前掛一個走馬燈，小孩們聚下圍觀。

鑼鼓

村裏人，從地畝攤派，置買了一套鑼鼓鐃鈸，平日也放在家廟裏，春節才取出來，放在十字大街動用。每天晚上吃過飯，鄉親們集在街頭，各執一器，敲打一通，說是娛樂，也是聯絡感情。

其鼓甚大，有架。鼓手執大棒二，或擊其中心，或敲其邊緣，緩急輕重，以成節奏。每村總有幾個出名的鼓手。遇有求雨或出村賽會，鼓載於車，鼓手立於旁，鼓棒飛舞，有各種花點，是最動人的。

小戲

小康之家，遇有喪事，則請小戲一台，也有親友送的。所謂小戲，就是街上擺一張方桌，四條板凳，有八個吹鼓手，坐在那裏吹唱。並不化裝，一人可演幾個角色，並且手中不離樂器。桌上放着酒菜，邊演邊吃喝。有人來弔孝，則停戲奏哀樂。男女圍觀，靈前有戚戚之容，戲前有歡樂之意。中國的風俗，最通人情，達世故，有辯證法。

富人家辦喪事，則有老道唸經。唸經是其次，主要是吹奏音樂。這些道士，並不都是職業性質，很多是臨時裝扮成的，是農民中的音樂愛好者。他們所奏為細樂，笙管雲鑼，笛子嗩吶都有。

最熱鬧的場面，是跑五方。道士們排成長隊，吹奏樂器，繞過或跳過很多板凳，成為一種集體舞蹈。出殯時，他們在靈前吹奏着，走不遠農民們就放一條板凳，並設茶水，攔路請他們演奏一番，以致靈車不能前進，延誤埋葬。經管事人多方勸說，才得作罷。在農村，一家遇喪事，眾人得歡心，總是因為平日文化娛樂太貧乏的緣故。

大戲

農村唱大戲，多為謝雨。農民務實，連得幾場透雨，豐收有望，才定期演戲，時間多在秋前秋後。

我的村莊小，記憶中，只唱過一次大戲。雖然只唱了一次，卻是高價請來的有名的戲班，得到遠近稱讚。並一直傳說：我們村不唱是不唱，一唱就驚人。事前，先由頭面人物去「寫戲」，就是訂合同。到時搭好照棚戲台，連夜派車去

「接戲」。我們村莊小，沒有大牲口（騾馬），去的都是牛車，使演員們大為驚異，說這種車坐着穩當，好睡覺。

唱戲一般是三天三夜。天氣正在炎熱，戲台下萬頭攢動，塵土飛揚，擠進去就是一身透汗。而有些年輕力壯的小伙子，在此時刻，好表現一下力氣，去「扒台板」看戲。所謂扒台板，就是把小褂一脱，纏在腰裏，從台下側身而入，硬拱進去。然後扒住台板，用背往後一靠。身後萬人，為之披靡，一片人浪，向後擁去。戲台照棚，為之動搖。管台人員只好大聲喊叫，要求他穩定下來。他卻得意洋洋，旁若無人地看起戲來。出來時，還是從台下鑽出，並誇口說，他看見坤角的小腳了。在農村，看戲扒台板，出殯扛棺材頭，都是小伙子們表現力氣的好機會。

唱大戲是村中的大典，家家要招待親朋；也是孩子們最歡樂的節日。直到現在，我還記得一個歌謠，名叫「四大高興」。其詞曰：

新年到，搭戲台，先生（學校老師）走，媳婦來。

反之，為「四大不高興」。其詞為：

新年過，戲台拆，媳婦走，先生來。

可見，在農村，唱大戲和過新年，是同樣受到重視的。

一九八二年七月

青春餘夢

　　本文作於 1982 年，後收入《遠道集》。本文題名曰「青春餘夢」，是作者對自己青春往事的回憶。作者在文章結構上做了「序」和「本文」的劃分，文章偏中段、結尾分別有「是為序」、「是為本文」的字樣。

　　「序」的部分由大雜院裏一棵「樹齡至少有七十年了」的楊樹寫起，並追憶自己從幼年至今與楊樹相處的時光，童年裏楊葉是玩具，「楊樹飄落的花」是食物，老年時楊樹脫落的乾枝是生火爐的燃料。目睹乾枝表皮裏綠的顏色，作者觸物傷情，聯想到自己逝去的青春。

　　「本文」的部分主要描寫了作者的青春是如何度過的，在所唸中學的圖書館和天華市場等看書的經歷；各種藝術體驗，如看電影、聽京戲、唱歌等；各種創作實踐，如寫詩，寫小說等。作者信筆由繮地一直寫到戰爭年代，自己的青春在其中歡樂過，痛苦過，安逸過，顛沛流離過，虛度過，有所作為過，亦在其中結束了。

　　青春空間有無價值，作者淡然處之，覺得「都不必去總結了」，順其自然，「正像楊樹雖有脫落的枝葉」，「它的本身是長存的」，呼應了前面的序文。

　　孫犁將楊樹與自己的生命等量齊觀，在自然萬物中希求獲得關於生命的啟示，姿態謙卑，態度達觀。正如其在《生辰自述》中所言：「簞食瓢飲，青燈黃卷，與世無爭，與人無憾。」

我住的大雜院裏，有一棵大楊樹，樹齡至少有七十年了。它有兩圍粗，枝葉茂密。經過動亂、地震，院裏的花草樹木，都破壞了，唯獨它仍然矗立着。這樣高大的樹木，在這個繁華的大城市，確實少見了。

我幼年時，我們家的北邊，也有一棵這樣大的楊樹。我的童年，有很多時光是在它的下面、它的周圍度過的。我不只在秋風起後，在那裏揀過楊葉，用長長的柳枝穿起來，像一條條的大蜈蚣；在春天度荒年的時候，我還吃過楊樹飄落的花，那可以說是最苦、最難以下嚥的野菜了。

現在我已經老了，蟄居在這個大院裏，不能再向遠的地方走去，高的地方飛去。每年冬季，我要生火爐，劈柴是寶貴的，這棵大楊樹幫了我不少忙。霜凍以後，它要脫落很多乾枝，這種乾枝，稍稍曬乾，就可以生火，很有油性，很容易點着。每聽到風聲，我就到它下面去揀拾這種乾枝，堆在門外，然後把它們折斷曬乾。

在這些乾枝的表皮上，還留有綠的顏色，在表皮下面，還有水分。我想：它也是有過青春的呀！正像我也有過青春一樣。然而它現在乾枯了，脫落了，它不是還可以幫助別人生起火爐取暖嗎？

是為序。

我的青春的最早階段，是在保定育德中學度過的。保定是一座古老的城市，荒涼的城市，但也是很便於讀書的城市。在這個城市，我待了六年時間。在課堂上，我唸英語，演算術。在課外，我在學校的圖書館，領了一個小木牌，把要借的書名寫在上面，交給在小窗口等待的管理員，就可

以拿到要看的書。圖書管理員都是博學之士。星期天，我到天華市場去看書，那裏有一家賣文具的小鋪子，代賣各種新書。我可以站在那裏翻看整整半天，主人不會干涉我。我在他那裏看過很多種新書，只買過一本。這本書，我現在還保存着。我不大到商務印書館去，它的門半掩着，櫃台很高，望不見它擺的書籍。

讀書的興趣是多變的，忽然想看古書了；又忽然想看外國文學了；又忽然想研究社會科學了，這都沒有關係。儘量去看吧，每一種學科，都多讀幾本吧。

後來，我又流浪到北平去了。除了買書看書，我還好看電影，好聽京戲，迷戀着一些電影明星，一些科班名角。我住在東單牌樓，晚上，一個人走着到西單牌樓去看電影，到鮮魚口去聽京戲。那時長安大街多麼荒涼、多麼安靜啊！一路上，很少遇到行人。

各種藝術都要去接觸。飢餓了，就掏出剩下的幾個銅板，坐在露天的小飯攤上，吃碗適口的雜菜燴餅吧。

有一陣子，我還好歌曲，因為民族的苦難太深重了，我們要呼喊。

無論保定和北平，都曾使我失望過、痛苦過。但也都給過我安慰和鼓舞，留下的印象是深刻的。我在那裏得到過朋友們的幫助，也愛過人，同情過人。寫過詩，寫過小說，都沒有成功。我又回到農村來了，又聽到楊樹葉子，嘩嘩地響着。

後來，我參加了抗日戰爭，關於這，我寫得已經很多了。戰爭，充實了我的青春，也結束了我的青春。

　　我的青春，價值如何？是歡樂多，還是痛苦多？是安逸享受多，還是顛沛流離多？是虛度，還是有所作為，都不必去總結了。時代有總的結論，總的評價。個人是一滴水，如果滴落在江河，流向大海，大海是不會涸竭的。正像楊樹雖有脫落的枝葉，它的本身是長存的。我祝願它長存！

　　是為本文。

一九八二年十二月六日清晨

火爐

本文作於 1982 年，後收入《遠道集》。本文是一篇狀物的小文章，寫的是作者用了三十多年的一個煤火爐。

文章沒有面面俱到描寫火爐的具體樣式，只是寥寥幾筆寫它歷經三十餘年後最突出的特徵，「它的容顏也有了很大的改變，它的身上長了一層紅色的鐵鏽」。

作者將自己的各種人生閱歷糅進和火爐相關的描述中，於是火爐充當了記錄作者生活的旁觀者的角色，把作者的「進城」，住「大屋子」，住「小屋子」，作息規律，常做的事情，最愛吃的食物等等，一一記錄下來。無論時光如何變遷，火爐「放暖如故」，抒發了作者的讚美之情。

從作者所述與火爐的「不容易斷的」關係中，我們發現，孫犁的日常生活是非常樸素的，一個煤火爐用了那麼久，以至於每年安裝時，「都要舉止艱難地為它打掃一番」。他的生活簡單純粹，「吃飯，喝茶，吸煙，深思」，是《生辰自述》中記錄的那個階段，「文士致命，青眼白眼，閉門謝客，以減過衍。」他對物質要求得極低，「每天下午三點鐘，我午睡起來，在它（火爐）上面烤兩片饅頭，在爐前慢慢咀嚼着，自得其樂，感謝上天的賜與。」「只要温飽就可以了，只要有一個避風雨的住處就滿足了。」令人感歎！

觀人可以察己，狀物亦可省身，物如其人，火爐「放暖如故」，孫犁也是在透過火爐觀看自己。

我有一個煤火爐，是進城那年買的，用到現在，已經三十多年了。它伴我度過了熱情火熾的壯年，又伴我度過着衰年的嚴冬。它的容顏也有了很大的改變，它的身上長了一層紅色的鐵鏽，每年安裝時，我都要舉止艱難地為它打掃一番。

我們可以説得上是經過考驗的，沒有發生過變化的。它伴我住過大屋子，也伴我遷往過小屋子，它放暖如故。大屋小暖，小屋大暖。小暖時，我靠它近些；大暖時，我離它遠些。小屋時，來往的客人，少一些；大屋時，來往的客人，多一些。它都看到了。它放暖如故。

它看到，和我同住的人，有的死去了，有的離去了，有的買製了新的火爐，另外安家立業去了。它放暖如故。

我坐在它的身邊。每天早起，我把它點着，每天晚上，我把它封蓋。我坐在它身邊，吃飯，喝茶，吸煙，深思。

我好吃烤的東西，好吃有些糊味的東西。每天下午三點鐘，我午睡起來，在它上面烤兩片饅頭，在爐前慢慢咀嚼着，自得其樂，感謝上天的賜與。

對於我，只要溫飽就可以了，只要有一個避風雨的住處就滿足了。我又有何求！

看來，我們的關係，是不容易斷的，只要我每年冬季，能有三十元錢，買兩千斤煤球，它就不會冷清，不會無用武之地，我也就會得到溫暖的！

火爐，我的朋友，我的親密無間的朋友。我幼年讀過兩句舊詩：「爐存紅似火，慰情聊勝無。」何況你不只是存在，而且確實在熊熊地燃燒着啊。

一九八二年十二月二十六日上午

母 親 的 記 憶

◖ **導讀**

　　本文作於 1982 年，後收入《遠道集》。我們對一人一事一物，感情越醇厚，文字便越精煉，彷彿經過陶冶一般，唯真唯純。本文就是如此，是一篇回憶母親的散文，文字洗練、感情真摯，母親的音容笑貌、勤勞樸質、善良心地，如現眼前。

　　母親有「春冬兩閒和婦女們鬥牌的習慣」，這一消遣背後的真相是，有一年鬧瘟疫，母親一個月內死了三個孩子。爺爺擔心她想不開，特地吩咐她去鬥牌。文章一開頭就將母親抵禦悲痛遭遇的頑強形象勾勒出來，反襯之下，麥秋兩季，母親「像瘋了似的勞動」，「身上都是土，頭髮上是柴草。藍布衣褲汗濕得泛起一層白鹼。」母親的勤勞習慣是從小養成的，在《外祖母家》中，作者記述外祖母、母親、二姨輪流上機子織布，「人歇馬不歇，那張停放在外屋的木機子，晝夜不閒着，這個人下來吃飯，那個人就上去織。」

　　對母親的記憶除了去拼接組合一幅幅單獨畫面之外，還有一個個美好的句子。母親把父親養了一春的月季花折下來帶給「我」，「我說為甚麼這朵花，早也不開，晚也不開，今天忽然開了呢，因為我的兒子回來，它要先給我報個信兒！」母親因兒子歸來的喜悅躍然紙上。母親送別去外地療養的「我」，「別人病了往

家裏走，你怎麼病了往外走呢！」對兒子一番戀戀不捨之情溢於言表。

《生辰自述》中道，「終於大病，休養海濱，老母逝去，遺恨終身。」聯繫本文中動人的母親形象，不由得讓讀者也跟着潸然淚下。

母親生了七個孩子，只養活了我一個。一年，農村鬧瘟疫，一個月裏，她死了三個孩子。爺爺對母親說：

「心裏想不開，人就會瘋了。你出去和人們鬥鬥紙牌吧！」

後來，母親就養成了春冬兩閒和婦女們鬥牌的習慣；並且常對家裏人說：

「這是你爺爺吩咐下來的，你們不要管我。」

麥秋兩季，母親為地裏的莊稼，像瘋了似的勞動。她每天一聽見雞叫就到地裏去，幫着收割、打場。每天很晚才回到家裏來。她的身上都是土，頭髮上是柴草。藍布衣褲汗濕得泛起一層白鹼，她總是撩起褂子的大襟，抹去臉上的汗水。她的口號是：「爭秋奪麥！」「養兵千日，用兵一時！」一家人誰也別想偷懶。

我生下來，就沒有奶吃。母親把饃饃晾乾了，再粉碎煮成糊餵我。我多病，每逢病了，夜間，母親總是放一碗清水在窗台上，禱告過往的神靈。母親對人說：「我這個孩子，是不會孝順的，因為他是我燒香還願，從廟裏求來的。」

家境小康以後，母親對於村中的孤苦飢寒，盡力周濟，對於過往的人，凡有求於她，無不熱心相幫。有兩個遠村的尼姑，每年麥秋收成後，總到我們家化緣。母親除給她們很多糧食外，還常留她們食宿。我記得有一個年輕的尼姑，長得眉清目秀。冬天住在我家，她懷揣一個蟈蟈葫蘆，夜裏叫得很好聽，我很想要。第二天清早，母親告訴她，小尼姑就把蟈蟈送給我了。

抗日戰爭時，村莊附近，敵人安上了炮樓。一年春天，

我從遠處回來，不敢到家裏去，繞到村邊的場院小屋裏。母親聽說了，高興得不知給孩子甚麼好。家裏有一棵月季，父親養了一春天，剛開了一朵大花，她折下就給我送去了。父親很心痛，母親笑着說：「我說為甚麼這朵花，早也不開，晚也不開，今天忽然開了呢，因為我的兒子回來，它要先給我報個信兒！」

一九五六年，我在天津，得了大病，要到外地去療養。那時母親已經八十多歲，當我走出屋來，她站在廊子裏，對我說：「別人病了往家裏走，你怎麼病了往外走呢！」

這是我同母親的永訣。我在外養病期間，母親去世了，享年八十四歲。

一九八二年十二月

牲 口 的 故 事

◖ **導讀**

　　本文作於 1983 年，後收入《遠道集》。本文題名「牲口的故事」，實是藉牲口的命運看時代的發展，看政治、政策的變遷。文中記錄了幾個重要的時期，「在我童年的記憶裏」，「當我在村中唸小學的時候」，「抗日戰爭時期」，「戰爭後期」，「平分土地的同時」，「成立了互助組」，「成立了合作社」，「農村實行責任制以後」，牲口的命運在時代的變遷中沉浮。文末，作者感慨道：「嗚呼，萬物興衰相承，顯晦有時，乃不易之理，而其命運，又無不與政治、政策相關也。」

　　文章開頭部分寫到的牲口，主要指作為重要運輸工具的騾馬，自父親將家裏的一騾一馬賣掉，買了牛和驢之後，行文內容便以驢為線索，展開敍述，有「裝飾得很漂亮」的驢，有運載「身體不好的女同志」的驢，都在表明驢的用途之廣，功勞之大，對於不幸「淹死了」的驢，「一家人很難過了些日子」，可見驢在人們日常生活中的重要地位。

　　自「平分土地」這個時間段開始，牲口被糟蹋，餵養不細心，使用不愛惜的情況時有發生，作者甚至詳述了一個近乎荒誕的情節：一隻飢餓的駱駝從遠處跑來大隊的牲口棚，一隻騾子嚇驚逃跑，村民們只好用駱駝來犁地了。最後作者肯定了「責任制」的政策，指出牲口的命運變好了。

　　作者以一顆平等心對待牲口，心地澄澈，愛心廣大，《牲口的故事》簡直就是一部關於北方牲口的當代社會簡史。

　　在我童年的記憶裏，我們這個小小的村莊，飼養大牲口 —— 即騾馬的人家很少。除去西頭有一家地主，其實也是所謂經營地主，餵着一騾一馬外，就只有北頭的一家油坊，餵着四五頭大牲口，掛着兩輛長套大車，做運輸油和原料的工具。他家的大車，總是在人們還沒有起牀的時候，就從村裏搖旗吶喊地出發了，而直到天黑以後，才從遠遠的地方趕回來，人喊馬嘶的聲音，送到每家每戶正在燈下吃晚飯的人們耳中，人們心裏都要説一句：「油坊的車回來了！」

　　當我在村中唸小學的時候，有幾年的時間，我們家也掛了一輛大車，買了一騾一馬，農閒時，由叔父趕着去做運輸。這時我們家已經上升為中農。但不久父親就叫把騾馬賣了，因為兵荒馬亂，這種牲口是最容易惹事的。從此，我們家總是養一頭大黃牛，有時再餵一匹驢，這是為的接送在外面做生意的父親。

　　我小的時候，父親或叔父，常常把我放在驢背的前面，一同乘騎。我記得有一匹大叫驢，夏天舅父牽着牠過滹沱河，被船夫們哄騙，叫驢凫水，結果淹死了，一家人很難過了些日子。

　　後來，接送我父親，就常常借用街上當牲口經紀的四海的小毛驢。他這頭小毛驢，比大山羊高不了多少，但裝飾得很漂亮，一串掛紅纓的銅鈴，鞍韉齊備。那時，當牲口經紀的都養一匹這樣的小毛驢。每逢集日，清早騎着上市，事情完後，酒足飯飽，已是黃昏，一個個偏騎在小驢背上，揚鞭趕路，那種目空一切的神氣，就是凱旋的將軍，也難以比得的。

後來我到了山地，才知道，這種小毛驢、雖然談不上名貴，用途卻是很多的。牠們能馱山果、木材、柴草，能往山上送糞，能往山下運糧，能走親訪友，能迎婚送嫁。牠們負着比牠身體還重的貨載，在上山時，步步留神，在下山時，兢兢業業，不聲不響，直到完成任務為止。

抗日戰爭時期，在軍旅運輸上，小毛驢也幫了我們不少忙。那時的交通站上，除去小孩子，就是小毛驢用處最大，也最活躍。戰爭後期，我們從延安出發華北，我當了很長時間的毛驢隊長。騎毛驢的都是身體不好的女同志。一天夜晚，偷越同蒲路，因為一位女同志下驢到高粱地去小便，以致與前隊失了聯絡，鐵路沒有過成，又退回來。第二天夜裏再過，我宣佈：凡是女同志小便，不准遠離隊列，即在驢邊解手。解畢，由牽驢人立即抱之上驢，在驢背上再繫腰帶。由於我這一發明，此夜得以勝利通過敵人的封鎖線，直到現在，想起來，還覺得有些得意。

平分土地的同時，地主家的騾馬，富農家的大黃牛，被貧農團牽走，貧農一家餵不起，幾家合餵，沒人負責，牲口糟踏了不少。成立了互助組，小驢小牛時興一陣。成立了合作社，騾馬又有了用武之地。以後農村雖然有了鐵牛，牲畜的用途還是很多，但餵養都不夠細心，使用也不夠愛惜。牲口餓跑了、被盜了的情況，時常發生。有一年我回到故鄉，正值春耕之時，平原景色如故，遍地牛馬，忽然見到一匹駱駝耕地。駱駝這東西，在我們這一帶原很少見，是廟會上，手搖串鈴的蒙古大夫牽着的玩意兒。以牠形狀新奇，很能招攬觀眾。現在突然出現在平原上，高峯長頸，昂視闊步，像

一座遊動的小山，顯得很不協調。我問鄉親們是怎麼回事，有人告訴我：不知從哪裏跑來這麼一匹餓壞了的駱駝，一直跑到大隊的牲口棚，伸脖子就吃草，把棚子裏的一匹大騾子嚇驚了斷韁躥出，直到現在還沒找回來。一匹騾子換了一匹駱駝，真不上算。大隊試試牠能拉犁不，還行！

很有些年，小毛驢的命運甚是不佳。據說，有人從山西來，騎着一匹小毛驢，到了平原，把韁繩一丟，就不再要牠，隨牠去了。其不值錢，可想而知。

但從農村實行責任制以後，小毛驢的身價頓增，何止百倍？牛的命運也很好了。

嗚呼，萬物興衰相承，顯晦有時，乃不易之理，而其命運，又無不與政治、政策相關也。

　　　　　　　　　　　　　　一九八三年一月二十二日

一九五六年的旅行

◀ 導讀

　　本文寫作於 1983 年，後收入《老荒集》。文章記敘了 1956 年的一次旅行，此次旅行在《母親的記憶》中有簡單的交代，「一九五六年，我在天津，得了大病，要到外地去療養。」而本文則詳細寫這場旅行，開頭部分介紹了旅行的原因是暈倒跌跤，需怡情養病，旅行的方式是孤身乘火車前往；中間部分以旅遊地為小標題，分為濟南、南京、上海、杭州四個部分，最後以文言作跋，結束全篇。

　　回憶這場二十五年前的旅行，文中記述了一些著名的景點，如一張張老照片，沉澱着時間，透出温潤之光。在濟南，「磚瓦房」、「石鋪街道」都是「古老的」，文聯大院有泉水，有荷花，「每天清晨，人們就在清流旁盥洗」。還有「湧起三尺來高」的突泉泉水，「荒山野寺」一樣的千佛山。在南京，遊靈谷寺，「一路梧桐林蔭路，枝葉交接如連理」。在杭州，靈隱寺「寺內的廟宇建築，宏美豐麗」，「殿內的楹聯牌匾，佳作尤多」。

　　但是由於作者的身體狀況不佳，又加上人地生疏、不喜繁華等多種原因，作者對這次旅行有一些個人獨特的感受，比如，在南京，他認為自己所進行的是「奔襲突擊式的遊山玩水」，「其表現有些像凡夫俗子的所到一處，刻名留念」；在上海，不習慣電

梯，覺得「還沒有定下心來，十樓已經到了」；在杭州，一人獨居
靈隱寺旁一處別墅，反思自己雖喜安靜，而處萬籟無聲之境，卻
發現需要一個伴侶，自責「說是說，做是做」。

　　文末跋文，作者憶及「青壯之年」涉足「燕南塞北，太行兩
側」，雖「身在隊列，或遇戰鬥，或值風雨，或感飢寒，無心觀
賞，無暇記述。但印象甚深至老不忘」。由此可見，作者對旅行的
看法是，更傾向於將自己的行動、思考與景物交融，而不提倡走
馬觀花，只是看看景色，他說，「遊記之作，固不在其遊，而在其
思。有所思，文章能為山河增色，無所思，山河不能救助文字。」

一九五六年的三月間，一天中午，我午睡起來暈倒了，跌在書櫥的把手上，左面頰碰破了半寸多長，流血不止。報社同人送我到醫院，縫了五針就回來了。

　　我身體素質不好，上中學時，就害過嚴重的失眠症，面黃肌瘦，同學們為我擔心。後來在山裏，因為長期吃不飽飯，又犯了一次，中午一個人常常跑到村外大樹下去靜靜地躺着。

　　但我對於這種病，一點知識也沒有，也沒有認真醫治過。

　　這次跌了跤，同志們都勸我外出旅行。那時進城不久，我還不像現在這樣害怕出門，又好一人孤行，請報社和文聯給我打算去的地方，開了介紹信，五月初就動身了。

　　對於旅行，雖說我還有些餘勇可賈，但究竟不似當年了。去年秋天，北京來信，要我為一家報紙，寫一篇介紹中國農村婦女的文章。我坐公共汽車到了北郊區。採訪完畢，下了大雨，汽車不通了。我一打聽，那裏距離市區，不過三十里，背上書包就走了。

　　過去，每天走上八九十里，對我是平常的事。誰知走了不到二十里，腿就不好使起來，像要跳舞。我以為是餓了，坐在路旁，吃了兩口郊區老鄉送給我的新玉米麵餅子，還是不頂事。勉強走到市區，僱了一輛三輪，才回到了家。

　　這次旅行，當然不是徒步，而是坐火車，舒服多了，這應該說是革命所賜，生活條件，大為改善了。

濟南

第一個目標是濟南。說也奇怪，從二十歲左右起，我對濟南這個地方，就非常嚮往。在中學的國文課堂上，老師講了一段《老殘遊記》，隨後又說他幼小時跟着父親在濟南度過，那裏的風景確實很好。還有一種好吃的東西，叫做小豆腐。這一段話，竟在我心裏生了根。後來在北平當小學職員，不願意幹了，就對校長說：我要到濟南去了，辭了職。當然沒有去成。

在濟南下車時，也就是下午一二點鐘。僱了一輛三輪，投奔山東文聯。那時王希堅同志在文聯負責，我們是在北京認識的。

濟南街上，還是舊日省城的樣子，古老的磚瓦房，古老的石鋪街道。文聯附近，是遊覽區，更熱鬧一些，有不少小商小販，擺攤叫賣。文聯大院，就是名勝所在，有泉水，種植着荷花，每天清晨，人們就在清流旁盥洗。

王希堅同志給了我一間清靜的房。他知道我的脾氣，說：「吃飯，願意在食堂吃也可，願意出去吃小館，也方便。」

因為距離很近，當天我就觀看了珍珠泉、趵突泉、黑虎泉。那時水系沒遭到破壞，趵突泉的水，還能湧起三尺來高。

第二天，文聯的同志，陪我去遊了大明湖和千佛山，乘坐了彩船，觀賞了文物。那時遊人很少，在千佛山，我們幾乎沒遇到甚麼遊人，像遊荒山野寺一樣。我最喜歡這樣的遊

覽，如果像趕廟會一樣，摩肩接踵，就沒有意思了。

我也到附近小館去吃過飯，但沒有吃到老師說的那種小豆腐。

另外，沒有找到古舊書店，也是一大遺憾。我知道，濟南的古書不少，而且比北京、天津，便宜得多。

南京

第二站是南京。到南京已經是下午五六點鐘了。我先趕到江蘇省文聯。那時的文聯，多與文化局合署辦公，文聯與文化局電話聯繫，說來了一位客人，想找個住處。文化局好像推託了一陣子，最後說是可以去住甚麼酒家。

對於這種遭遇，我並不以為怪。我在南京沒有熟人，還算是順利地解決了食住問題。應該感謝那時同志們之間的正常的熱情的關照。如果是目前，即使有熟人，恐怕也還要費勁一些。

此次旅行，我也先有一些精神準備。書上說：在家不知好賓客，出門方覺少知音，正好是對我下的評語。

在酒家住了一夜。第二天吃過早飯，我先去逛了明孝陵，陵很高很陡，在上面看到了朱元璋的一幅畫像，軀體很高大，前額特別突出，像扣上一個小瓢似的。臉上有一連串黑痣。這種異相，史書上好像也描寫過。

從孝陵下來，我去遊覽了中山陵，順便又遊了附近一處名勝靈谷寺。一路梧桐林蔭路，枝葉交接如連理，真使人叫絕。

下午遊了雨花台、玄武湖、雞鳴寺、夫子廟。沒有遊莫

名家散文必讀系列‧孫犁

愁湖，沒有看到秦淮河。這樣奔襲突擊式的遊山玩水，已經使我非常疲乏。為了休息一下，就去逛了逛南京古舊書店。書店內外，都很安靜，好書也多，排列得很規則。惜天色已晚，未及細看，就回旅舍了。此後，我通過函購，從這裏買了不少舊書，其中並有珍本。

第三天清晨，我離開南京去上海。

現在想來，像我這樣的旅行，可以說是消耗戰，還談得上是怡情養病？到了一處，也只是走馬觀花，連憑弔一下的心情也沒有。別處猶可，像南京這個地方，且不說這是龍盤虎踞的形勝之地，就是六朝煙粉，王謝風流，潮打空城，天國悲劇，種種動人的歷史傳說，就沒有引起我的絲毫感慨嗎？

確實沒有。我太累了。我覺得，有些事，讀讀歷史就可以了，不必想得太多。例如關於朱元璋，現在有些人正在探討他的殺戮功臣，是為公還是為私？各有道理，都有論據。但可信只有一面，又不能起朱元璋而問之，只有相信正史。至於文人墨客，酒足飯飽，對歷史事件的各種感慨，那是另一碼事。我此次出遊，其表現有些像凡夫俗子的所到一處，刻名留念。中心思想，也不過是為了安慰一下自己：我一生一世，畢竟到過這些有名的地方了。

上海

很快就到了上海，作家協會介紹我住在國際飯店十樓。這是最繁華的地區，對我實在不利。即使平安無事，也能加重神經衰弱。尤其是一上一下的電梯，靈活得像孩子們手中

的玩具，我還沒有定下心來，十樓已經到了。

第二天上午，一個人去逛書店，僱了一輛三輪，其實一轉彎就到了。還好，正趕上古籍書店開張，琳瑯滿目，隨即買了幾種舊書，其中有仰慕已久的戚蓼生序小字本《紅樓夢》。

想很快離開上海，第二天就到了杭州。

杭州

中午到了杭州，浙江省文聯也沒有熟人。在那裏吃了一碗麵條，自己就到湖邊去了。天氣很好，又是春季，湖邊的遊人還算是多的。面對湖光山色，第一個感覺是：這就是西湖。因為旅途勞頓，接連幾夜睡不好覺，我忽然覺得精神不能支持，腳下也沒有準頭，隨便轉了轉，買了些甜食吃，就回來了。

第二天，文聯通知我，到靈隱寺去住。在那裏，他們新買到一處資本家的別墅，作為創作之家，還沒有人去住過，我來了正好去試試。用三輪車帶上一些用具，把我送了過去。

這是一幢不小的樓房，只樓下就有不少房間。樓房四周空曠無人，而飛來峯離它不過一箭之地。寺裏僧人很少，住的地方離這裏也很遠。天黑了，我一度量形勢，忽然恐怖起來。這樣大的一個靈隱寺，周圍是百里湖山，寺內是密林荒野，不用說別的，就是進來一條狼，我也受不了。我得先把門窗關好，而門窗又是那麼多。關好了門窗，我躺在臨時搭好的簡易木板牀上，頭頂有一盞光亮微弱的燈，翻看新買的

一本杭州旅行指南。

我想，甚麼事説是説，做是做。有時説起來很有興味的事，實際一做，就會適得其反。比如説，我最怕嘈雜，喜歡安靜，現在置身山林，且係名刹，全無干擾，萬籟無聲，就覺得舒服了嗎？沒有，沒有。青年時，我也想過出世，當和尚。現在想，即使有人封我為這裏的住持，我也堅決不幹。我現在需要的是一個伴侶。

一夜也沒有睡好，第二天清晨起來，在溪流中洗了洗臉，提上從文聯帶來的熱水瓶，到門口飯店去吃飯。吃完飯，又到茶館打一瓶開水提回來。

據説，西湖是全國風景之首，而靈隱又是西湖名勝之冠。真是名不虛傳。自然風景，且不去説，單是寺內的廟宇建築，宏美豐麗，我在北方，是沒有見過的。殿內的楹聯牌匾，佳作尤多。

在這裏住了三天，西湖的有名處所，也都去過了，在小市自己買了一隻象牙煙嘴，在岳墳給孩子們買了兩對竹節製的小水桶。我就離開了杭州，又取道上海，回到天津。

此行，往返不到半月，對我的身體非常不利，不久就大病了。

跋

余之晚年，蟄居都市，厭見擾攘，畏聞惡聲，足不出戶，自喻為畫地為牢。然當青壯之年，亦曾於燕南塞北，太行兩側，有所涉足。亦時見山河壯觀，阡陌佳麗。然身在隊列，或遇戰鬥，或值風雨，或感飢寒，無心觀賞，無暇記

述。但印象甚深至老不忘。

　　古人云，欲學子長之文，先學子長之遊，此理固有在焉。然柳柳州《永州八記》，所記並非罕遇之奇景異觀也，所作文字乃為罕見獨特之作品耳。范仲淹作《岳陽樓記》，本人實未至洞庭湖，想當然之，以抒發抱負。蘇東坡《前赤壁賦》，所見並非周郎破曹之地，後人不以為失實。所述思緒，實通於古今上下也。

　　以此觀之，遊記之作，固不在其遊，而在其思。有所思，文章能為山河增色，無所思，山河不能救助文字。作者之修養抱負，於山河於文字，皆為第一義，既重且要。余之作，不堪言此矣。

一九八三年八月十七日追記

吃飯的故事

　　本文作於 1983 年，後收入《老荒集》。本文題名曰「吃飯的故事」，講述的是與吃飯相關的小故事。可與前方中《服裝的故事》參照閱讀，《服裝的故事》寫「少穿」，《吃飯的故事》寫「缺吃」。

　　在吃飯成問題的情況下，要尋找各種東西充飢，這一經歷伴隨着作者從 1938 年到 1953 年，約十五年左右的時間，從中折射出個人經歷與時代潮流的方方面面。抗日戰爭期間的阜平，到了延安以後，土地改革時的工作組，進城，1953 年下鄉，這些具體的時間、地點、關鍵詞，像坐標一樣，勾勒出了時代洪流中作者的生活點滴。

　　孫犁人生態度平和，坦然面對自己遭遇的一切，食物匱乏的年代在作家那裏變得充滿了樂趣，「菜湯裏的蘿蔔條，一根趕着一根跑，像游魚似的。有時是楊葉湯，一片追着一片，像飛蝶似的。」冰糖被偷吃了，作家看到的是偷冰糖者的「如花之年」、「笑臉相迎」，作者甚至覺得，「能得到她們的歡心，我就忘記飢餓了。」

　　當然作家也切切實實地寫到飢餓，但並沒有在上面添加無謂的悲傷消極的情緒。比如，「吃不飽，就到野外去轉遊，但轉遊還是當不了飯吃。」「有時夜晚趕到一處，桌上放着兩個糠餅子，一碟乾辣子，乾渴得很，實在難以下嚥，只好忍飢睡下，明天再碰運氣。」從中亦見出作者沉靜堅毅的性格。

我幼小時，因為母親沒有奶水，家境又不富裕，體質就很不好。但從上了小學，一直到參加革命工作，一日三餐，還是能夠維持的，並沒有真正挨過餓。當然，常年吃的也不過是高粱小米，遇到荒年，也吃過野菜蝗蟲，餑餑裏也摻些穀糠。

　　一九三八年，參加抗日，在冀中吃得還是好的。離家近，花錢也方便，還經常吃吃小館。後來到了阜平，就開始一天三錢油三錢鹽的生活，吃不飽的時候就多了。吃不飽，就到野外去轉遊，但轉遊還是當不了飯吃。

　　菜湯裏的蘿蔔條，一根趕着一根跑，像游魚似的。有時是楊葉湯，一片追着一片，像飛蝶似的。又不斷行軍打仗，就是這樣的飯食，也常常難以為繼。

　　一九四四年到了延安，豐衣足食；不久我又當了教員，吃上小灶。

　　日本投降以後，我從張家口一個人徒步回家，每天行程百里，一路上吃的是派飯。有時夜晚趕到一處，桌上放着兩個糠餅子，一碟乾辣子，乾渴得很，實在難以下嚥，只好忍飢睡下，明天再碰運氣。

　　到家以後，經過八年戰爭，隨後是土地改革，家中又無勞動力，生活已經非常困難。我的妻子就是想給我做些好吃的，也力不從心了。

　　此後幾年，我過的是到處吃派飯的生活。土改平分，我跟着工作組住在村裏，吃派飯。工作組走了，我想寫點東西，留在村裏，還是吃派飯。對給我飯吃、給我房住的農民，特別有感情，總是戀戀不捨，不願離開。在博野的大

西章村，饒陽的大張崗村，都是如此。在土改正在進行時，農民對工作組是很熱情的；經過急風暴雨，工作組一撤，農民或者因為分到的東西少，或者因為怕翻天，心情就很複雜了。我不離開，房東的態度，已經有很大的不同，首先表現在飯食上。後來有人警告我：繼續留在村裏，還有危險。我當時確實沒有想到。

有時為了減輕家庭負擔，我還帶上大女兒，到一個農村去住幾天，叫她跟着孩子們到地裏去揀花生，或是跟着房東大娘紡線。我則體驗生活，寫點小說。

這種生活，實際上也是飢一頓，飽一頓，持續了有二三年的時間。

進城以後，算是結束了這種吃飯方式。

一九五三年，我又到安國縣下鄉半年。吃派飯有些不習慣，我就自己做飯，每天買點饅頭，煮點掛麵，炒個雞蛋。按說這是好飯食，但有時我嫌麻煩，就三頓改為兩頓，有時還是餓着肚子，到沙崗上去散步。

我還進城買些點心、冰糖，放在房東家的櫥櫃裏。房東家有兩房兒媳婦，都在如花之年，每逢我從外面回來，就一齊笑臉相迎說：「老孫，我們又偷吃你的冰糖了。」

這樣，吃到我肚子裏去的，就很有限了。雖然如此，我還是很高興的。能得到她們的歡心，我就忘記飢餓了。

一九八三年九月一日晨，大雨不能外出

秋喜叔

◖ 導讀

　　本文作於 1983 年，後收入《老荒集》，是其中「鄉里舊聞」系列的一篇文章。「秋喜叔」是農村中一個很有個性的農民。他性格不安分，「並不願意一鋤一鐮去種地，也不願推車擔擔去做小買賣。」他去上海學過織布，當過兵，後來又當了逃兵回到農村後也顯得不務正業，「整天道貌岸然，和誰也說不來，對甚麼事也看不慣。躲在家裏，練習圖畫。」秋喜叔的結局很有意味，「整天躺在炕上，望着掛滿蛛網的屋頂，一句話也不說」，作者是不是想表達，秋喜叔雖然不滿足於農民的生活方式，很想有所追求，但終究還是綴網勞蛛，逃脫不了呢？

　　秋喜叔的父親是個棚匠，有了生意就大喝，「每喝必醉」；「秋喜叔也好喝酒」，但是不醉；秋喜叔的兒子也好酒，「為了一點小事，砍了媳婦一刀，被法院判了十五年徒刑，押到外地去了」。

　　有些人無法安於自己的身份，想變成其他的人，胸中鬱結之氣難以抒發時，上輩的人可以靠喝酒，這輩的還可以靠各種各樣的嘗試，輪到下輩似乎沒了出路，只能任着壞脾氣橫行了。孫犁在這裏可能想探討人的命運悲劇，在寫《秋喜叔》的前兩年，他曾寫《生辰自述》，說自己年輕時，「智不足商，力不足農，進校攻書，畢業高中。舊日社會，勢力爭競，常患失業，每歎途窮」，這又何嘗不是人生的悲劇和時代的無常？

秋喜叔的父親，是個棚匠。家裏有一捆一捆的葦蓆，一團一團的麻繩，一根大彎針，每逢廟會唱戲，他就被約去搭棚。

這老人好喝酒，有了生意，他就大喝。而每喝必醉，醉了以後，他從工作的地方，搖搖晃晃地走回來，進村就大罵，一直罵進家裏。有時不進家，就倒在街上罵，等到老伴把他扶到家裏，躺在炕上，才算完事。人們說，他是裝的，借酒罵人，但從來沒有人去拾這個碴兒，和他打架。

他很晚的時候，才生下秋喜叔。秋喜叔並無兄弟姐妹，從小還算是嬌生慣養的，也上了幾年小學。

十幾歲的時候，秋喜叔跟着一個本家哥哥去了上海，學織布。不願意幹了，又沒錢回不了家，就當了兵，從南方轉到北方。那時我在保定上中學，有一天，他送來一條棉被，叫我放假時給他帶回家裏。棉被裏裏外外都是蝨子，這可能是他在上海學徒三年的唯一剩項。第二天，又來了兩個軍人找我，手裏拿着皮帶，氣勢洶洶，聽他們的口氣，好像是秋喜叔要逃跑，所以先把被子拿出來。他們要我到火車站他們的連部去對證。那時這種穿二尺半的丘八大爺們，是不好對付的，我沒有跟他走。好在這是學校，他們也無奈我何。

後來，秋喜叔終於跑回家去，結了婚，生了兒子。抗日戰爭時，家裏困難，他參加了八路軍，不久又跑回來。

秋喜叔的個性很強，在農村，他並不願意一鋤一鐮去種地，也不願推車擔擔去做小買賣。但他也不賭博，也不偷盜。在村裏，他年紀不大，輩分很高，整天道貌岸然，和誰也說不來，對甚麼事也看不慣。躲在家裏，練習國畫。土改

時，他從我家拿去一個大硯台，我回家時，他送了一幅他畫的「四破」，叫我賞鑒。

他的父親早已去世，他這樣坐吃山空，日子一天不如一天。家裏地裏的活兒，全靠他的老伴。那是一位任勞任怨，講究「三從四德」的農村勞動婦女，整天蓬頭垢面，鑽在地裏砍草拾莊稼。

秋喜叔也好喝酒，但是從來不醉。也好罵街，但比起他的父親來，就有節制多了。

秋天，村北有些積水，他自製一根釣竿，從早到晚，坐在那裏垂釣。其實誰也知道，那裏面並沒有魚。

他的兒子長大了，地裏的活也幹得不錯，娶了個媳婦，也很能勞動，眼看日子會慢慢好起來。誰知這兒子也好喝酒，脾氣很劣，為了一點小事，砍了媳婦一刀，被法院判了十五年徒刑，押到外地去了。

從此，秋喜叔就一病不起，整天躺在炕上，望着掛滿蛛網的屋頂，一句話也不説。誰也説不上他得的是甚麼病，三年以後才死去了。

一九八三年九月二日下午

疤增叔

導讀

　　本文作於 1983 年，後收入《老荒集》，是其中「鄉里舊聞」系列的一篇文章。本文是一篇人物小傳，作者將聽來的（「據老一輩説」、「傳説」、「有的説」、「有人説」），親歷的（「不禁為之吃驚」、「使我非常佩服」），林林總總，匯聚在一起，編織出大體清晰的人物形象。因為不同的消息來源和無法精準的説法，作者無需精心安排，行文中便會透出小小的懸念，使得文章張力感十足，比如，人們並不確切地知道疤增叔在上海做甚麼，即便「我」和他同行一段路，也只有對其「非常佩服」，最後本家姪子「透露了一點實情」，似乎才真相大白，但疤增叔依然擁有不褪色的神祕形象。

　　文章前面的講述節奏舒緩，生機十足，疤增叔一生最美的年華，在這部分文字中，熠熠閃光；文章後半段很急促，彷彿繁華散盡，破敗之氣驟襲，「不久」、「又有一年」、「後來」、「一年春節」，「老兩口吵了起來，老伴把他往門外一推，他倒在地下就死了」。風光過後卻死得如此平凡，這就是一個外出闖蕩過的農民的一生。

　　孫犁在《〈善闇室紀年〉序》中提及自己的性格「優柔寡斷」，「對現實環境，對人事關係，既缺乏應有的知識，更沒有

應付的能力」，「在各方面都是失敗多，成績少」，作家能夠認識到自身的有限性，同時也對他人的局限保持寬和的態度，他儘量搜集和疤增叔相關的說法，列出這個人一生所經歷的事情，不譴責，不評論，而是懷着溫情寫出來。

因為他生過天花，我們叫他疤增叔。堂叔一輩，還有一個名叫增的，這樣也好區別。

過去，我們村的貧苦農民，青年時，心氣很高，不甘於窮鄉僻壤這種飢一頓飽一頓的生活，想遠走高飛。老一輩的是下關東，去上半輩子回來，還是受苦，壯心也沒有了。後來，是跑上海，學織布。學徒三年，回來時，總是穿一件花絲格棉袍，村裏人稱他們為上海老客。

疤增叔是我們村去上海的第一個人。最初，他也真的掙了一點錢，匯到家裏，蓋了三間新北屋，娶了一房很標緻的媳婦。人人羨慕，後來經他引進，去上海的人，就有好幾個。

疤增叔其貌不揚，幼小時又非常淘氣，據老一輩説，他每天拉屎，都要到樹上去。為人甚為精明，口才也好，見識又廣。有一年寒假完了，我要回保定上學，他和我結伴，先到保定，再到天津，然後坐船到上海，這樣花路費少一些。第一天，我們宿在安國縣我父親的店鋪裏。商店習慣，來了客人，總有一個二掌櫃陪着説話。我在地下聽着，疤增叔談上海商業行情，頭頭是道，真像一個買賣人，不禁為之吃驚。

到了保定，我陪他去買到天津的汽車票，不坐火車坐汽車，也是為的省錢。買了明天的汽車票，疤增叔一定叫汽車行給寫個字據：如果不按時間開車，要加倍賠償損失。那時的汽車行，最好坑人騙錢，這又是他出門多的經驗，使我非常佩服。

究竟他在上海幹甚麼，村裏也傳説不一。有的説他給一

家紡織廠當跑外，有的説他自己有幾張機子，是個小老闆。後來，經他引進到上海去的一個本家姪子回來，才透露了一點實情，説他有時販賣白麪（毒品），裝在牙粉袋裏，過關口時，就叫這個姪子帶上。

不久，他從上海帶回一個小老婆，河南人，大概是跑到上海去覓生活的，沒有辦法跟了他。也有人説，疤增叔的二哥，還在打光棍，託他給找個人，他給找了，又自己霸佔了，二哥並因此生悶氣而死亡。

又有一年，他從河南趕回幾頭瘦牛來，有人説他把白麪藏在牛的身上，牛是白搭。究竟怎樣藏法，誰也不知道。後來，他就沒掙回過甚麼，一年比一年潦倒，就不常出門，在家裏做些小買賣。有時還賣蝦醬，摻上很多高粱糝子。

家裏娶的老伴，已經亡故。在上海弄回的女人，給他生了一個兒子，中間一度離異，母子回了河南，後來又找回來，現在已長大成人，出去工作了。

原來的房子，被大水沖塌，用舊磚壘了一間屋子，老兩口就住在裏面，誰也不收拾，又髒又亂。

一年春節，人們夜裏在他家賭錢。局散了以後，老兩口吵了起來，老伴把他往門外一推，他倒在地下就死了。

一九八三年九月三日

鞋 的 故 事

導讀

　　本文作於 1984 年，後收入《陌巷集》。本文通過講述鞋的故事來感事懷人，將所遇見的世間美好記錄了下來。文章第一段記錄了作者不同時期所穿的鞋子，像一座坐標系，橫軸是時間，「幼小時」、「上小學時」、「結婚以後」、「到大城市讀書」、「從抗日戰爭起」，縱軸是鞋子的種類：母親做的，叔母做的，愛人做的，買的，農村婦女們做的「軍鞋」。首段儼然潺湲滴瀝，響徹空山，第二段起則漸有幽泉出山、風發水湧之勢，作者開始描述對於布鞋的懷念及「想弄一雙家做鞋」的希望，由此引出柳嫂和柳嫂的妹妹小書綾的一段往事。

　　因為柳嫂的關係，小書綾為「我」做過兩雙布鞋，第一次是她為了感謝我送給她的結婚禮物。第二次則是她出於情面。作者寫小書綾「看人時，好斜視，卻使人感到有一種深情。」一位嫵媚可愛的農村女孩的形象躍然紙上。而為「我」做的第二雙鞋，「是她站在院子裏，一邊看着孩子，一針一線」做成的。突出了作者所讚美的小書綾勤快勞動、質樸聰明的形象。

　　文章最後，作者傷感於以布鞋為證的往昔歷史將漸漸消逝，「我們這一代人死了以後，這種鞋就不存在了，長期走過的那條飢餓貧窮、艱難險阻、山窮水盡的道路，也就消失了。」同時也對農村女孩「淳樸美麗的素質」進行再一次歌頌與祝福，因為這「也許是永存的」。

我幼小時穿的鞋，是母親做。上小學時，是叔母做，叔母的針線活好，做的鞋我愛穿。結婚以後，當然是愛人做，她的針線也是很好的。自從我到大城市讀書，覺得「家做鞋」土氣，就開始買鞋穿了。時間也不長，從抗日戰爭起，我就又穿農村婦女們做的「軍鞋」了。

　　現在老了，買的鞋總覺得穿着彆扭。想弄一雙家做鞋，住在這個大城市，離老家又遠，沒有辦法。

　　在我這裏幫忙做飯的柳嫂，是會做針線的，但她裏裏外外很忙，不好求她。有一年，她的小妹妹從老家來了。聽說是要結婚，到這裏置辦陪送。連買帶做，在姐姐家很住了一陣子。有時閒下來，柳嫂和我說了不少這個小妹妹的故事。她家很窮苦。她這個妹妹叫小書綾，因為她最小。在家時，姐姐帶小妹妹去澆地，一澆澆到天黑。地裏有一座墳，墳頭上有很大的狐狸洞，棺木的一端露在外面，白天看着都害怕。天一黑，小書綾就緊抓着姐姐的後衣襟，姐姐走一步，她就跟一步，鬧着回家。弄得姐姐沒法幹活兒。

　　現在大了，小書綾卻很有心計。婆家是自己找的，訂婚以前，她還親自到婆家私訪一次。訂婚以後，她除拼命織蓆以外，還到山溝裏去教人家織蓆。吃帶沙子的飯，一個月也不過掙二十元。

　　我聽了以後，很受感動。我有大半輩子在農村度過，對農村女孩子的勤快勞動、質樸聰明，有很深的印象，對她們有一種特殊的感情。可惜進城以後，失去了和她們接觸的機會。城市姑娘，雖然漂亮，我對她們終是格格不入。

　　柳嫂在我這裏幫忙，時間很長了。用人就要做人情。我

説：「你妹妹結婚，我想送她一些禮物。請你把這點錢帶給她，看她還缺甚麼，叫她自己去買吧！」

柳嫂客氣了幾句，接受了我的饋贈。過了一個月，妹妹的嫁妝操辦好了，在回去的前一天，柳嫂把她帶了來。

這女孩子身材長得很勻稱，像農村的多數女孩子一樣，她的額頭上，過早地有了幾條不太明顯的皺紋。她臉面清秀，嘴唇稍厚一些，嘴角上總是帶有一點微笑。她看人時，好斜視，卻使人感到有一種深情。

我對她表示歡迎，並叫柳嫂去買一些菜，招待她吃飯，柳嫂又客氣了幾句，把稀飯煮上以後，還是提起籃子出去了。

小書綾坐在爐子旁邊，平日她姐姐坐的那個位置上，看着煮稀飯的鍋。我坐在旁邊的椅子上。

「你給了我那麼多錢。」她安定下來以後，慢慢地説，「我又幫不了你甚麼忙。」

「怎麼幫不了？」我笑着説，「以後我走到那裏，你能不給我做頓飯吃？」

「我給你做甚麼吃呀？」女孩子斜視了我一眼。「你可以給我做一碗麵條。」我説。

我看出，女孩子已經把她的一部分嫁妝穿在身上。她低頭撩了撩衣襟説：「我把你給的錢，買了一件這樣的衣服。我也不會説，我怎麼謝承你呢？」

我沒有看準她究竟買了一件甚麼衣服，因為那是一件內衣。我忽然想起鞋的事，就半開玩笑地説：「你能不能給我做一雙便鞋呢？」

這時她姐姐買菜回來了。她沒有說行，也沒有說不行，只是很注意地看了看我伸出的腳。

我又把求她做鞋的話，對她姐姐說了一遍。柳嫂也半開玩笑地說：「我說哩，你的錢可不能白花呀！」

告別的時候，她的姐姐幫她穿好大衣，箍好圍巾，理好鬢髮。在燈光之下，這女孩子顯得非常漂亮，完全像一個新娘，給我留下了容光照人、不可逼視的印象。

這時女孩子突然問她姐姐：「我能向他要一張照片嗎？」我高興地找了一張放大的近照送給她。

過春節時，柳嫂回了一趟老家，帶回來妹妹給我做的鞋。

她一邊打開包，一邊說：「活兒做得精緻極了，下了功夫哩。你快穿穿試試。」

我喜出望外，可惜鞋做得太小了。我懊悔地說：「我短了一句話，告訴她往大裏做就好了。我當時有一搭沒一搭，沒想她真給做了。」

「我拿到街上，叫人家給拍打拍打，也許可以穿。」柳嫂說。

拍打以後，勉強能穿了。誰知穿了不到兩天，一個大腳趾就淤了血。我還不死心，又當拖鞋穿了一夏天。

我很珍重這雙鞋。我知道，自古以來，女孩子做一雙鞋送人，是很重的情意。

我還是沒有合適的鞋穿。這二年柳嫂不斷聽到小書綾的消息：她結了婚，生了一個孩子，還是拼命織蓆，準備蓋新房。柳嫂說：「要不，就再叫小書綾給你做一雙，這次告訴

她做大些就是了。」

　　我說：「人家有孩子，很忙，不要再去麻煩了。」

　　柳嫂為人慷慨，好大喜功，終於買了鞋面，寫了信，寄去了。

　　現在又到了冬天，我的屋裏又生起了爐子。柳嫂的母親從老家來，帶來了小書綾給我做的第二雙鞋，穿着很鬆快，我很滿意。柳嫂有些不滿地説：「這活兒做得太粗了，遠不如上一次。」我想：小書綾上次給我做鞋，是感激之情。這次是情面之情。做了來就很不容易了。我默默地把鞋收好，放到櫃子裏，和第一雙放在一起。

　　柳嫂又説：「小書綾過日子心勝，她男人整天出去販賣東西。聽我母親説，這雙鞋還是她站在院子裏，一邊看着孩子，一針一線給你做成的哩。眼前，就是農村，也沒有人再穿家做鞋了，材料、針線都不好找了。」

　　她説的都是真情。我們這一代人死了以後，這種鞋就不存在了，長期走過的那條飢餓貧窮、艱難險阻、山窮水盡的道路，也就消失了。農民的生活變得富裕起來，小書綾未來的日子，一定是甜蜜美滿的。

　　那裏的大自然風光，女孩子們的淳樸美麗的素質，也許是永存的吧。

一九八四年十二月十六日

鋼筆的故事

導讀

　　本文作於 1985 年，後收入《陋巷集》。作者以鋼筆為線索，勾連起大半生的經歷，可與前面的《吃飯的故事》、《報紙的故事》、《鞋的故事》等對照閱讀。文中的一些細節描述，令人印象深刻，如作者借錢買了一支從美國進口的黑桿自來水筆，一直無力還債，後來用代寫論文的方式卸下了負擔。而後面這支鋼筆奇特的遭遇是，埋藏於草屋，被老黃牛咀嚼很久又吐出來了。再如，在特殊年代，作者因擁有一支美國派克筆而受到的批判：國產鋼筆就不能寫字？為甚麼要用外國筆？讓人覺得滑稽荒謬，不禁又莞爾一笑。

　　作家晚年回憶舊事時，仍念着一些人對他的好，「先是楊循同志送我一支自來水筆，後來，鄧康同志又送我一支。」在物質匱乏的年代，一支鋼筆也不易得到，從朋友的慷慨相贈中也能感受到一種人間溫情。

　　文章寫鋼筆，有「用秫秸做筆桿」的鋼筆尖和各種自來水筆，睹物思人的同時，也點染出了作家的文字生涯和人生追求，鋼筆對於一個以寫作為生的作家來說更是非常珍貴，因為鋼筆寫出的不僅是文字，而是作家的經歷與人生。

　　我在小學時，寫字都是用毛筆。上初中時，開始用蘸水鋼筆尖。到高中時，闊氣一點的同學，已經有不少人用自來水筆，是從美國進口的一種黑桿自來水筆，買一支要五元大洋。我的家境不行，但年輕時，也好趕時髦。我有一個同班同學，叫張硯方，他的父親是個軍官，張硯方寫得一手好魏碑字，這時已改用自來水筆，鋼筆字還帶有鄭文公的風韻。他慷慨地借給了我五元錢，使我順利地進入了使用自來水筆的行列。鋼筆借款，使我心裏很不安，又不敢向家裏去要，直到張硯方大學畢業時，不願寫畢業論文，把我寫的一篇《同路人文學論》拿去交卷，我才輕鬆了下來。其實我那篇文章，即使投稿，也不會中選，更不用說得甚麼評論獎了。

　　這支鋼筆，作為寶貴財產，在抗日戰爭時期，家裏人把它埋藏在草屋裏。我已經離開家鄉到山裏去了。我家餵着一頭老黃牛，有一天長工清掃牛槽時，發見了這支鋼筆。因為是塑膠製造，不是味道，老牛咀嚼很久，還是把它吐了出來。

　　在山裏，我又用起鋼筆尖，用秫秸做筆桿。那時就是鋼筆尖，也很難買到，都是經過小販，從敵佔區弄來的。有一次，我從一個同志的桌上，拿了一個新鋼筆尖用，惹得這個同志很不高興。

　　就是用這種鋼筆，在山區，我還是寫了不少文章，原始工具，並不妨礙文思。

　　抗日戰爭勝利，我回到了冀中。先是楊循同志送我一支自來水筆，後來，鄧康同志又送我一支。我把老楊送我的一支，送給了老秦。

不久，實行土改，我的家是富農，財產被平分。家裏只有老母、弱妻和幾個小孩子，沒有勞力，生活很困難。我先是用自行車帶着大女孩子下鄉，住在老鄉家裏，女孩子跟老太太們一塊紡線，有時還同孩子們到地裏拾些花生、莊稼。後來，政策越來越嚴格，小孩子不能再吃公糧，我只好把她送回家去。因家庭成分不好，我有多半年不能回家。有一次回家，看見大女孩子，一個人站在屋後的深水裏割高粱，我只好放下車子，挽起褲子，幫她去幹活。

　　回到家裏，一家人都在為今後的生活發愁。我告訴他們，周而復同志給我編了一本集子，在香港出版，託周揚同志給我帶來了幾十元稿費。現在我不能帶錢回家，我已經託房東，糴了三斗小米，以後政策緩和了，可以運回來。這一番話，並不能解除家人的憂慮。妻説，三斗小米，夠吃幾天，哪裏是長遠之計？

　　我又説，我身上還有一支鋼筆，這支鋼筆是外國貨，可以賣些錢，你們做個小本買賣，比如説賣豆菜，還可以維持一段時間。家人未加可否。

　　這都是杞人之憂，解放戰爭進行得出人意外地順利，不久我就隨軍進入天津，憂慮也隨之雲消霧散。

　　進城以後，我買了一支大金星鋼筆，筆桿很粗，很好用，用了很多年，寫了不少字。稿費多了，有人勸我買一支美國派克筆。我這人禁不起人勸説，就託機關的一位買辦同志，去買了一支，也忘記花了多少錢。「文化大革命」，這是一條。羣眾批判説：國產鋼筆就不能寫字？為甚麼要用外國筆？我覺得説得也是，就檢討説：文章寫得好不好，確實

不在用甚麼筆。羣眾説檢討得不錯。

　其實這支鋼筆，我一直沒有用過。我這個人小氣，不大方，有甚麼好東西，總是放着，捨不得用。抄家時抄去了，後來又發還了，還是鎖在櫃子裏。此生此世，我恐怕不會用它了。現在，機關每年要發一支鋼筆，我的筆筒裏已經存放着好幾支了。

　　　　　　　　　　一九八五年四月十一日

老 屋

　　本文作於 1985 年，後收入《陌巷集》。文章題為「老屋」，實為藉屋子的命運，來反思人的時間、意義及書的價值。

　　老屋像是一個據點，作者在這裏會見老朋友，目睹眼前，回憶往事，拉家常一般的談話，讀來親切自然。在老屋裏，作者接待老友，憶及「一碗小米粥」的情誼；傷感「一塊兒進城的同志，有的死了，有的病了」，自己也時日無多，送書給老友作紀念；感歎院子的外觀和內觀都起了變化，而唯獨自己「抱殘守缺」。發生在老屋裏的這一切，彷彿是在隱喻着作家的現場目擊者的身份，看着世事流變，滄海桑田，記錄下自己所見所感的一小塊天地。

　　作者於老屋懷舊人，而於新居則思「新潮」。《老屋》可與《新居瑣記》對照着讀，前者寫於 1985 年，後者作於 1990 年，作者從老屋遷至新居，有諸多不適應，比如沒有鎖門的意識，於是碰到一連串反應：不習慣帶鑰匙，門不小心碰上了；而鑰匙裝到口袋裏沒留神又滑落了，後來只好拴在褲帶上了，凡此種種。作者最後引蘇東坡「時有可否，物有廢興」之言，表達自己對順應新潮的醒悟。

　　住老屋，遷新居，孫犁的寫作者身份背後，實為一位敏銳的反思者和一位熱愛生活的老人。

　　今天上午，老樊同志來看我。他是初進城時，《天津日報》的經理。工人出身，為人熱情爽朗，對知識份子，能一見如故。我們並非來自一個山頭，我從冀中來，他從冀東來，不久他就到湖南去了，相處的時間並不長，但他給我留下了很好的印象。每次他來天津，總是來看望我。記得地震那年，他來了，倉促間，我請他吃了一碗小米粥，算是請了他的客。今天提到這件老事，還同聲大笑起來。

　　我送給他一本新出的書，他很高興。這也是我的一點世故：工人出身的同志，最看重知識份子送給他書。

　　我說：「我們一塊兒進城的同志，有的死了，有的病了。當然，就目前說，活着的還是比死去的數目大。不過，好像輪到我們這一撥了，我一見那印着黑體字的大白信皮，就害怕。所以送你一本書，留個紀念。」

　　他說：「這比甚麼紀念都好。也因為這個原因，所以我每次來，一定看望你。」

　　我說：「進城時，我們同在這個院裏住，你是管分配房屋的。那時同住的人，現在就剩我一個了。別的人，都搬走了，有的是老人搬走，把房子留給孩子們。現在戶主，都是第二代，院裏跑的，都是第三代。院子外觀有很大的變化，內觀也有很大的變化。唯獨我這裏，還是抱殘守缺，不改舊觀。不過人老了，屋子也老了。」

　　老樊笑着說：「不錯，不錯。聽說你身體比過去好了，文章比過去寫得也多了。」

　　我說：「我知道你是個樂天派，從來不發愁。我管保你能長壽，這從你的眼裏就能看出來。」

送走老樊，我環顧了一下這座老屋，卻沒有甚麼新的感想，近幾年，關於這個大院，我已經不止一次在文章裏描寫過了。

一九八五年六月十七日

大嘴哥

導讀

　　本文作於 1985 年，後收入《陋巷集》。在生活中，我們可能都會碰到一些老實人，他們的共同特徵一般是默默無聞，常常被人忽視，似乎顯得乏善可陳。倘若要為老實人畫肖像，意味着要剝離他們表面上看起來的這些共性，找到他的獨特之處。大嘴哥便是作家筆下一位不同尋常的老實人。

　　孫犁首先追憶了大嘴哥所誕生的那個家庭是有過鼎盛經歷的，而後來衰落了，大嘴哥沒有趕上好時候，他是作為一名長工出現在「我」的家，出現在「我」的生活裏的。但我們之間卻沒有甚麼交集，主要源於「我」的「世俗觀念」：「能說會道，才是有本事的人；老實人就是窩囊人」；大嘴哥的「老實厚道」，可能是「寄人籬下」的處境造成的。

　　此後，歷經各種輾轉，「我」和大嘴哥就沒有再見了。在大多數情況下，人們之間的相遇只意味着一抹淡淡的印象，日後碰到合適的機緣便會漸漸清晰起來，聽老家的人談起大嘴哥的近況，「我」將手頭的十元錢託人帶給他。後來「我」在女兒回憶的文字裏，了解到大嘴哥曾經救過我們一家人的經歷，一個老實人展現了他奪目的光彩。

　　孫犁寫大嘴哥，一面是寫老實人的驚人之舉，另一面也是在記錄自己所有的「世俗觀念」的瓦解，實為一篇懺悔文：「他可能對自幼嬌生慣養，不能從事生產的我，抱有同情和諒解之心。我自己是慚愧的。」

幼小時，聽母親説，「過去，人們都願意去店子頭你老姑家拜年，那裏吃得好。平常日子都不做飯，一家人買燒雞吃。十年河東，十年河西，現在，誰也不去店子頭拜年了，那裏已經吃不上飯，就不用説招待親戚了。」

　　我沒有趕上老姑家的繁盛時期，也沒有去拜過年。但因為店子頭離我們村只有三里地，我有一個表姐，又嫁到那裏，我還是去玩過幾次的。印象中，老姑家還有幾間高大舊磚房，人口卻很少，只記得一個疤眼的表哥，在上海織了幾年布，也沒有掙下多少錢，結不了婚。其次就是大嘴哥。

　　大嘴哥比我大不了多少，也沒有趕上他家的鼎盛時期。他發育不良，還有些喘病，因此農活上也不大行，只能幹一些零碎活。

　　在我外出讀書的時候，我們家已經漸漸上升為富農。自己沒有主要勞力，除去僱一名長工外，還請一兩個親戚幫忙，大嘴哥就是這樣來我們家的。

　　他為人老實厚道，幹活盡心盡力，從不和人爭爭吵吵。平日也沒有花言巧語，問他一句，他才説一句。所以，我們雖然年歲相當，卻很少在一塊兒玩玩談談。我年輕時，也是世俗觀念，認為能説會道，才是有本事的人；老實人就是窩囊人。

　　在大嘴哥那一面，他或者想，自己的家道中衰，寄人籬下，和我之間，也有些隔閡。

　　他在我們家，待的時間很長，一直到土改，我家的田地分了出去，他才回到店子頭去了。按當時的情況，他是一個貧農，可以分到一些田地。不過他為人屠弱，鬥爭也不會積

極，上輩的成分又不太好，我估計他也得不到多少實惠。

這以後，我攜家外出，忙於衣食。父親、母親和我的老伴，又相繼去世，沒有人再和我唸道過去的老事。十年動亂，身心交瘁，自顧不暇，老家親戚，不通音問，說實在的，我把大嘴哥差不多忘記了。

去年秋天，一個叔伯姪子從老家來，臨走時，忽然談到了大嘴哥。他現在是個孤老戶。村裏把我表姐的兩個孩子找去，說：「如果你們照顧他的晚年，他死了以後，他那間屋子，就歸你們。」兩個外甥答應了。

我聽了，託姪子帶了十元錢，作為對他的問候。那天，我手下就只有這十元錢。

今年春天，在石家莊工作的大女兒退休了，想寫點她幼年時的回憶，在她寄來的材料中，有這樣一段：

在抗戰期間，我們村南有一座敵人的炮樓。日本鬼子經常來我們村掃蕩，找事，查戶口，每家門上都有戶口冊。有一天，日本鬼子和偽軍，到我們家查問父親的情況。當時我和母親，還有給我家幫忙的大嘴大伯在家。

母親正給弟弟餵奶，忽聽大門給踢開了，把我和弟弟抱在懷裏，嚇得渾身哆嗦。一個很兇的偽軍問母親，孫振海（我的小名——犁註。）到哪裏去了？隨手就把弟弟的被褥，用刺刀挑了一地。母親壯了壯膽說，到祁州做買賣去了。日本鬼子又到西屋搜查。當時大嘴大伯正在西屋給牲口餵草，他們以為是我家的人。偽軍問：孫振海到哪裏去了？大伯說不知道。他們把大伯吊在房樑上，用棍子打，打得昏

過去了，又用水潑，大伯甚麼也沒有說，日本鬼子走了以後，我們全家人把大伯解下來，母親難過地說：叫你跟着受苦了。

大女兒幼年失學，稍大進廠做工，寫封信都費勁。她寫的回憶，我想是沒有虛假的。那麼，大嘴哥還是我們一家的救命恩人。抗戰勝利，我回到家裏，他從來沒有提起過這件事。初進城那幾年，我的生活還算不錯，他從來沒有找過我，也沒有來過一次信。他見到和聽到了，我和我的家庭經過的急劇變化。他可能對自幼嬌生慣養，不能從事生產的我，抱有同情和諒解之心。我自己是慚愧的。這些年，我的心，我的感情，變得麻痺，也有些冷漠了。

一九八五年六月二十七日下午

小販

導讀

　　本文作於 1985 年，後收入《陋巷集》。本文作於 1985 年，文章前半部分寫身處大雜院中很受小販進出的困擾，他們「吆喝、轉遊、窺探」，「他們肆無忌憚，聲音刺耳，心不在焉，走家串戶，登堂入室。」其中還將賣菜刀的年青人作了一個大大的特寫，「不聲不響地走進屋來，把手裏的菜刀，向你眼前一亮」，效果驚悚而又滑稽。

　　文章後半部分，作者描述了「幼年時在鄉村，或青年時在城市，見到的那些小販」。村莊裏來往的各種小販，「早晨是賣青菜的，賣豆腐的，賣饅頭的，晚上是賣擀雜麪的，賣牛肉包子的。閒時是打鐵的，補鍋的，鋦碗的，甩綢緞的。年節時是耍猴，唱十不閒、獨角戲的。」小販的角色雖然各式各樣，但都非常有人情味兒，這是作者最為欣賞的：「這些小販進村來賣針線的，能和婦女打交道，賣玩具的，能和小孩打交道，都是規規矩矩，語言和氣，不管生意多少，買賣不成人情在，和村民建立了深厚的感情。」接着作者詳細記述了自己所上中學門口的一個攤販的印象，男的「高個子，黑臉膛，沉靜和氣，從不大聲說話，稱呼我們為先生」，女的「年紀不大，長得十分俊俏，從來不說話，也沒有一點聲響」，作者對他們進行了由衷的讚美，「和氣生財」、「招

人喜愛」，「那樣看重自己的職業，也使得別人看重自己」。

　　全文以對比的方式，表達了對著文時的 20 世紀 80 年代初期小販素質的憂思，並回憶了自己所見識的美好的小販形象，以警世人。《小販》體現了孫犁作為一個作家的責任感及對文學功用的深深信念：「人心唯危，善惡消長，勸善懲惡，文化教養，刑法修剪，道德土壤。文學藝術，教化一端，瞻望前景，有厚望焉。」（《生辰自述》）

　　我在農村長大，沒見過大雜院。後來在保定，到一個朋友家裏，見到幾戶人家，同時在院子裏生爐子做飯，亂哄哄的，才有了大雜院的印象。

　　我現在住的大雜院，有三十幾戶人家，一百多口人，其大其雜，和沒有秩序，是可以想像的。每天還川流不息地有小販進來，吆喝、轉遊、窺探。不知別人怎樣，我對這些人的印象，是不怎麼好的。他們肆無忌憚，聲音刺耳，心不在焉，走家串戶，登堂入室。買破爛的還好，在院裏高聲喊叫幾聲，遊行一周，看看沒有甚麼可圖，就出去了。賣雞蛋、大米、香油的，則常常探頭探腦地到門口來問。最使人感到不安的，是賣菜刀的。青年人，長頭髮，短打扮，破書包裏裝着幾把，手裏拿着一把，不聲不響地走進屋來，把手裏的菜刀，向你眼前一亮：「大爺來把刀吧！」

　　真把人冷不防嚇一跳。並且軟硬兼施，使孤身的老年人，不知如何應付，覺得最好的辦法，還是言無二價地買他一把。因為站在面前的，好像不是賣刀的楊志，倒是那個買刀的牛二。

　　雖然有人在大門上，用大字寫上了「嚴禁小販入內」。在目前這個情況下，也只能是：有禁不止。

　　據說，這些小販，在經濟基礎上，還有許多區分：有全民的，有集體的，有個體的。總之，不管屬於哪一類，我一聽到他們的吆喝聲，就進戶關門。我老了，不想買甚麼，也不想賣甚麼，需要的是安靜和安全。

　　老年人習慣回憶，我現在常常想起，我幼年時在鄉村，或青年時在城市，見到的那些小販。

我們的村子是個小村，只有一百來戶人家。一年之內，春夏秋冬，也總有一些小販，進村來做買賣。早晨是賣青菜的，賣豆腐的，賣饅頭的，晚上是賣擀雜麵的，賣牛肉包子的。閒時是打鐵的，補鍋的，鋦碗的，甩綢緞的。年節時是要猴，唱十不閒、獨角戲的。如果打板算卦也可以算在內，還能給村民帶來音樂欣賞。我記得有一個胖胖的身穿長袍算卦的瞎子，一進村就把竹杖夾在腋下。吹起引人入勝的笛子來。他自己也處在一種忘我的情態裏，即使沒有人招攬他做生意，他也心滿意足，毫無遺憾，一直吹到街的那頭，消失到田野裏去。

這些小販進村來賣針線的，能和婦女打交道，賣玩具的，能和小孩打交道，都是規規矩矩，語言和氣，不管生意多少，買賣不成人情在，和村民建立了深厚的感情。再進村，就成了熟人、朋友。如果有的年輕人調皮，年老的就告誡說，小本買賣，不容易，不要那樣。

我在保定上中學時，學校門口附近有一個攤販。他高個子，黑臉膛，沉靜和氣，從不大聲說話，稱呼我們為先生。在馬路旁，搭了一間小棚，又用秫秸紙牆隔開，外面賣花生糖果，燒餅豬肉。紙牆上開一個小口，賣餛飩。當壚的是他的老婆，年紀不大，長得十分俊俏，從來不說話，也沒有一點聲響。只是聽男人說一聲，她就從小窗口，送出一碗餛飩來。我去得多了，和她丈夫很熟，可以賒帳，也只是從小窗口偶爾看見過她的容顏。

學校限制學生吃零食，但他們的生意很好，我上學六年，他們一直在那裏。聽人說，他們是因為桃色事件，從山

東老家逃到這裏來的。夜晚，他們就睡在那間小小的棚子
裏，靠做這個小買賣，維持生活，享受幸福。

　　小棚子也經受風吹雨打，夜晚，他們做的是甚麼樣的
夢，我有時想寫一篇小說。又覺得沒有意思。寫成了，還不
是一篇新的文君當壚的故事。

　　不過，我確是常常想，他們為甚麼能那樣和氣生財，那
樣招人喜愛，那樣看重自己的職業，也使得別人看重自己。
他們不是本小利薄嗎？不是早出晚歸嗎？勞累一年，才僅僅
能養家餬口嗎？

　　　　　　　　　　　一九八五年八月三十一日

晚秋植物記

導讀

　　本文作於 1985 年，後收入《陌巷集》。孫犁在《與友人論學習古文》中說，「學習古文，除去讀，還要作，作可以幫助讀。遇有機會，可作些文言小文，這也算不得復古，也算不得遺老遺少所為，對寫白話文，也是有好處的。」《晚秋植物記》可視為一篇「文言小文」。

　　雖為文言寫作，卻不見任何閱讀障礙，有時將現代漢語的新詞彙、現代感受方式運用古文表達，反顯文風幽默俏皮。文章由五篇小文構成，分記五種植物：白蠟樹、石榴、絲瓜、瓜蔞、灰菜。作者描繪植物，亦從側面反映出人情世態。比如，陸女士對於作者的關心，原屬於一家一戶的庭院分給各家各戶之後所遭遇的破壞，有心計者對作者房屋周圍空隙的侵佔等等。表面上記植物，實際上是記大院裏的人心。

　　同時，《晚秋植物記》也表現出作者的生活趣味，如，「好秋聲，每年買蟈蟈一隻」；剪下一株石榴果，「置於櫥上，以為觀賞之資」；瓜蔞不結果查閱《本草綱目》，發現王客之誤；「每日照例登臨」變為垃圾山的假山等等。

　　《晚秋植物記》以記植物為線索，展現出豐富的風俗人情畫面，人與人之間，人與植物之間，彼此相映，搖曳多姿，意興盎然。

白蠟樹

庭院平台下，有五株白蠟樹，五十年代街道搞綠化所植，已有碗口粗。每值晚秋，黃葉飄落，日掃數次不斷。余門前一株為雌性，結實如豆莢，因此消耗精力多，其葉黃最早，飄落亦最早，每日早起，幾可沒足。清掃落葉，為一定之晨課，已三十餘年。幼年時，農村練武術者，所持之棍棒，稱做白蠟杆，即用此樹枝幹做成，然眼前樹枝頗不直，想用火烤製過。如此，則此樹又與歷史兵器有關。揭竿而起，殆即此物。

石榴

前數年買石榴一株，植於瓦盆中。樹漸大而盆不易，頭重腳輕，每遇風，常常傾倒，盆已有裂紋數處，然尚未碎也。今年左右繫以繩索，使之不傾斜。所結果實為酸性，年老不能食，故亦不甚重之。去年結果多，今年休息，只結一小果，南向，得陽光獨厚。其色如琥珀珊瑚，晶瑩可愛，昨日剪下，置於櫥上，以為觀賞之資。

絲瓜

我好秋聲，每年買蟈蟈一隻，掛於紗窗之上，以其鳴叫，能引鄉思。每日清晨，赴後院陸家採絲瓜花數枚，以為飼料。今年心緒不寧，未購養。一日步至後院，見陸家絲瓜花，甚為繁茂，地下萎花亦甚多。主人問何以今年未見來採，我心有所戚戚。陸，女同志，與余同從冀中區進城，亦同時住進此院，今皆衰老，而有舊日感情。

瓜蔞

　　原為一家一戶之庭院，新中國成立後，分給眾家眾戶。這是革命之必然結果。原有之花木山石，破壞糟蹋完畢，乃各佔地盤，經營自己之小房屋，小菜園，小花圃，使院中建築地貌，犬牙交錯，形象大變。化整為零，化公為私，蓋非一處如此，到處皆然也。工人也好，幹部也好，多來自農村，其生活方式，經營思想，無不帶有農民習慣，所重者為土地與磚瓦，觀庭院中之競爭可知。

　　我體弱，無力與爭。房屋周圍之隙地，逐漸為有勞力、有心計者所侵佔。唯窗下留有尺寸之地。不甘寂寞，從街頭購瓜蔞子數枚，植之。圍以樹枝，引以繩索，當年即發蔓結果矣。

　　幼年時，在鄉村小藥鋪，初見此物。延於牆壁之上，果實垂垂，甚可愛，故首先想到它。當時是獨家經營的新品種，同院好花卉者，也競相種植。

　　東鄰李家，同院中之廣種博收者也。好施肥，每日清晨從廁所中淘出大糞，傾於苗圃，不以為髒。從醫院要回瓜蔞秧，長勢頗壯，綠化了一個方面。他種的瓜蔞，遲遲不結果，其花為白絨狀，其葉亦稍不同，眾人嘲笑。李家堅信不移，請看來年，而來年如故。一王姓客人過而笑曰：此非瓜蔞，乃天花粉也，藥材在根部。此客號稱無所不知。

　　我所植，果實逐年增多，李家仍一個不結。我甚得意，遂去破繩敗枝，購置新竹竿搭成高大漂亮架子，使之向空中發展，炫耀於眾。出乎意外，今年亦變為李家形狀，一個果

也沒有結出。

幸有一部《本草綱目》，找出查看。好容易才查到瓜蔞條，然亦未得要領，不知其何以有變。是肥料跟不上，還是日光照射不足？是種植幾年，就要改種，還是甚麼剪枝技術？書上都沒有記載。只是長了一些知識：瓜蔞也叫天花粉，並非兩種。王客所言，也是只知其一，不知其二。

然我之推理，亦未必全中。陽光如舊並無新的遮蔽。肥料固然施得不多，證之李家，亦未必因此。如非修剪無術，則必是本身退化，需要再播種一次新的種子了。

種植幾年，它對我不再是新鮮物，我對它也有些膩煩。現在既不結果，明年想拔去，利用原架，改種葡萄。但書上說拔除甚不易，其根直入地下，有五六尺之深。這又不是我力所能及的了。

灰菜

庭院假山，山石被人拉去，乃變為一座垃圾山。我每日照例登臨，有所憑弔。今年，因此院成為髒亂死角，街道不斷督促，所屬機關，才撥款一千元，僱推土機及汽車，把垃圾運走。光滑幾天，不久就又磚頭瓦塊滿地，機關原想在空地種些花木，花錢從郊區買了一車肥料，卸在大門口。除院中有心人運些到自己葡萄架下外，當晚一場大雨，全漂到馬路上去了。

有一戶用碎磚圍了一小片地，揚上一些肥料。不知為甚麼沒有繼續經營。雨後野草叢生，其中有名灰菜者，現在長

到一人多高，遠望如灌木。家鄉稱此菜為「落綠」，煮熟可作菜，余幼年所常食。其灰可浣衣，勝於其他草木灰。故又名灰菜。生命力特強，在此院房頂上，可以長到幾尺高。

一九八五年十月八日

大根

導讀

　　本文作於 1986 年，後收入《無為集》，是其中「鄉里舊聞」系列的一篇。孫犁的妻子有個同父異母的兄弟，叫大根。大根命苦，從他很小的時候，父親、母親、養母都相繼去世了，「十幾年間，經歷了三次大喪事」。大根命運雖悲慘，卻能謀求各種各樣的活路，參加村劇團飾演角色，與人合夥賣餃子，代替別人推牌九，販賣私貨，當牲口經紀，養騾子……結局是兒孫滿堂，「六十來歲的人了，精神不減當年」。通俗地說，本文講述的是一個苦命的人如何拼了命地活下來，並且還能活得很好的故事。

　　文章前半部分，按時間順序直接敍述大根的人生，並烘托出幫助大根成長的那些人，「我」的岳母：「每當寒冬夜晚，岳母一手持燈，兩個小孩拉着她的衣襟，像撲燈蛾似的，在那空蕩蕩的大屋子出出進進，實在悲慘。」還有「我」的父親：「每逢逃難，我的老父帶着一家老小，再加上大根和他那隻山羊，慌慌張張，往河北一帶逃去。在路上遇到本村一個賣燒餅果子的，父親總是說：『把你那櫃子給我，我都要了！』這樣既可保證一家人不致挨餓，又可以作為掩護。」這些不經意的小細節，讓人感到人生的溫暖和人間的真情。

　　文章後半部分，老年的作者和大根相逢，有一種時光飛逝之感。看似平淡無奇的對話，意蘊悠長，耐人尋味。最後，孫犁與大根「鄭重告別」，「因為我老了，以後見面的機會，不會再多了」，讓人頗傷感。

岳父只有兩個女兒，和我結婚的，是他的次女。到了五十歲，他與妻子商議，從本縣河北一貧家，購置一妾，用洋三百元。當領取時，由長工用糞筐背着銀元，上覆柴草，岳父在後面跟着。到了女家，其父當場點數銀元，並一一當當敲擊，以視有無假洋。數畢，將女兒領出，毫無悲痛之意。岳父恨其無情，從此不許此妾歸省。有人傳言，當初相看時，所見者為其姐，身高漂亮，此女則瘦小乾枯，貌亦不揚。村人都說：岳父失去眼窩，上了媒人的當。

　　婚後，人很能幹，不久即得一子，取名大根，大做滿月，全家歡慶。第二胎，為一女孩，產時值夜晚，倉促間，岳父被牆角一斧傷了手掌，染破傷風，遂至不起。不久妾亦猝死，禍其突然，家亦中落。只留岳母帶領兩個孩子，我妻回憶：每當寒冬夜晚，岳母一手持燈，兩個小孩拉着她的衣襟，像撲燈蛾似的，在那空蕩蕩的大屋子出出進進，實在悲慘。

　　大根稍大以後，就常在我家。那時，正是抗日時期，他們家離據點近，每天黎明，這個七八歲的孩子，牽着他餵養的一隻山羊，就從他們村裏出來到我們村，黃昏時再回去。

　　那時我在外面抗日。每逢逃難，我的老父帶着一家老小，再加上大根和他那隻山羊，慌慌張張，往河北一帶逃去。在路上遇到本村一個賣燒餅果子的，父親總是說：「把你那櫃子給我，我都要了！」這樣既可保證一家人不致挨餓，又可以作為掩護。

　　平時，大根跟着我家長工，學些農活。十幾歲上，他就努筋拔力，耕種他家剩下的那幾畝土地了。岳母早早給他

娶了一個比他大幾歲，很漂亮又很能幹的媳婦，來幫他過日子。不久，岳母也就去世了。小小年紀，十幾年間，經歷了三次大喪事。

大根很像他父親，雖然沒唸甚麼書，卻聰明有計算，能説，樂於給人幫忙和排解糾紛，在村裏人緣很好。土改時，有人想算他家的舊帳，但事實上已經很窮，也就過去了。

他在村裏，先參加了村劇團，演「小女婿」中的田喜，他本人倒是個地地道道的小女婿。二十歲時，他已經有兩個兒子，加上他妹妹，五口之家，實在夠他巴結的。他先和人家合夥，在集市上賣餃子，得利有限。那些年，賭風很盛，他自己倒不賭，因為他精明，手頭利索，有人請他代替推牌九，叫做槍手。有一次在我們村裏推，他弄鬼，被人家看出來，幾乎下不來台，念他是這村的親戚，放他走了。隨之，在這一行，他也就吃不開了。

他好像還販賣過私貨，因為有一年，他到我家。問他二姐有沒有過去留下的珍珠，他二姐説沒有。

後來又當了牲口經紀。他自己也養騾駒子，他説從小就喜歡這玩意兒。

「文革」前，他二姐有病，他常到我家幫忙照顧，他二姐去世，這些年就很少來了。

去年秋後，他來了一趟，也是六十來歲的人了，精神不減當年，相比之下，感慨萬端。

他有四個兒子，都已成家，每家五間新磚房，他和他老伴，也是五間。有八個孫子孫女，都已經上學。大兒子是大鄉的書記，其餘三個，也都在鄉裏參加了工作。家裏除養一

頭大騾子，還有一台拖拉機。責任田，是他帶着兒媳孫子們去種。經他傳藝，地比誰家種得都好。一出動就是一大幫，過往行人，還以為是個沒有解散的生產隊。

多年不來，我請他吃飯。

「你還趕集嗎？還給人家說合牲口嗎？」席間，我這樣問。

「還去。」他說，「現在這一行要考試登記，我都合格。」

「說好一頭牲口，能有多大好處？」

「有規定。」他笑了笑，終於語焉不詳。

「你還賭錢嗎？」

「早就不幹了。」他嚴肅地說，「人老了，得給孩子們留個名譽，兒子當書記，萬一出了事，不好看。」

我說：「好好幹吧！現在提倡發家致富，你是有本事的人，遇到這樣的社會，可以大展宏圖。」

他叫我給他寫一幅字，裱好了給他捎去。他說：「我也不貼灶王爺了，屋裏掛一張字畫吧。」

過去，他來我家，走時我沒有送過他，這次，我把他送到大門外，鄭重告別。因為我老了，以後見面的機會，不會再多了。

一九八六年八月十四日

刁叔

導讀

　　本文作於 1986 年，後收入《無為集》，是其中「鄉里舊聞」系列的一篇。文章題名曰「刁叔」，刁叔並不是一個本分的農民，而是一個在農村顯得很有個性的人物。作者寫一個人，往往會追溯一下他的上輩，以示家風，在沒有接受文化教育的村莊裏，家風就是塑造人的主要方式了，在寫刁叔之初，作者不經意做了一點暗示，他的大哥「有些流氓氣」，「磚門洞裏，掛着兩塊貞節匾，大概是他祖母的事跡吧。」

　　作者着力寫刁叔的各種消遣，他「習」過字，所以閒着的時候，既不「背着柴筐糞筐下地」，也不給人家打短工，「也很少和別人閒坐說笑，就喜歡看一些書報」。他向「我」借書、還書都是「親自登門」，態度莊重，「雙手捧着交給我」。賭局的場合「心驚肉跳」，刁叔「為人沉靜剛毅，身材高大強健」，富農禿小叔去赴賭局，「總是約上刁叔，給他助威仗膽」。除此之外，刁叔還用「木貓」逮黃鼬、貓等，約「我」吃貓肉。總之，刁叔在農村顯得個性鮮明而又與周圍環境格格不入。

　　「刁叔年紀不大，就逝世了。」作家通過認真體察他的生存狀態，猜測「他一定死於感情鬱結」，在他看來，刁叔「好勝心強，長期打光棍，又不甘於偷雞摸狗，鑽洞跳牆。性格孤獨，從不向人訴說苦悶」，孫犁是農民出身，對這一農民羣體感情很深，他不僅能理解刁叔，也能理解和刁叔一樣尋覓新生活的人們。

刁叔，是寫過的疤增叔的二哥。大哥叫瑞，多年跑山西，做小買賣，為人有些流氓氣，也沒有掙下甚麼，還把梅毒傳染給妻子，妻女失明，兒子塌鼻破嗓，他自己不久也死了。

　　和我交往最多的，是刁叔。他比我大二十歲，但不把我當做孩子，好像我是他的一個知己朋友。其實，我那時對他，甚麼也不了解。

　　他家離我家很近，住在南北街路西。磚門洞裏，掛着兩塊貞節匾，大概是他祖母的事跡吧。那時他家裏，只有他和疤增嬸子，他一個人住在西屋。

　　他沒有正式上過學，但「習」過字。過去，村中無力上學，又有志讀書的農民，冬閒時湊在一起，請一位能寫會算的人來教他們，就叫習字。

　　他為人沉靜剛毅，身材高大強健。家裏土地很少，沒有多少活兒，閒着的時候多。但很少見到他像別的貧苦農民一樣，背着柴筐糞筐下地，也沒有見過他給別人家打短工。他也很少和別人閒坐說笑，就喜歡看一些書報。

　　那時鄉下，沒有多少書，只有我是個書呆子。他就和我交上了朋友。他向我借書，總是親自登門，訥訥啟口，好像是向我借取金錢。

　　我並不知道他喜歡看甚麼書，我正看甚麼，就常常借給他甚麼。有一次，我記得借給他的是《浮生六記》。他很快就看完了，送回時，還是親自登門，雙手捧着交給我。書，完好無損。把書借給這種人，比現在借書出去，放心多了。

　　我不知道他能看懂這種書不能，也沒問過他讀後有甚麼

感想。我只是盡鄉親之誼，鄰里之間，互通有無。

　　他是一個光棍。舊日農村，如果家境不太好，老大結婚還有可能，老二就很難了。他家老三，所以能娶上媳婦，是因為跑了上海，發了點小財。這在另一篇文章中，已經提過了。

　　我現在想：他看書，恐怕是為了解悶，也就是消遣吧。目前有人主張，文學的最大功能、最高價值，就是供人消遣，這種主張，很是時髦。其實，在幾十年前，刁叔的讀書，就證實了這一點，我也很早就明白這層道理了。看來並算不得甚麼新理論，新學說。

　　刁叔家的對門，是禿小叔。禿小叔一隻眼，是個富農，又是一家之主，好賭。他的賭，不是逢年過節，農村裏那種小賭。是到設在戲台下面，或是外村的大寶局去賭。他為人，有些膽小，那時地面也確實不大太平，路劫、綁票的很多。每當他去赴寶局之時，他總是約上刁叔，給他助威仗膽。

　　那種大寶局的場合、氣氛，如果沒有親臨過，是難以想像的。開局總是在夜間，做寶的人，隱居帳後；看寶的人，端坐帳前。一片白布，作為寶案，設於破炕蓆之上，么、二、三、四四個方位，都壓滿了銀元。賭徒們炕上炕下，或站或立，屋裏屋外，都擠滿了人。人人面紅耳赤，心驚肉跳；煙霧迷濛，汗臭難聞。勝敗既分，有的甚至屁滾尿流，捶胸頓足。

　　「免三！」一局出來了，看寶的人把寶案放在白布上，大聲喊叫。免三，就是看到人們壓三的最多，寶盒裏不要出

三。一個賭徒，抓過寶盒，屏氣定心，慢慢開動着。當看準那個刻有紅月牙的寶心指向何方時，把寶盒一亮，此局已定，場上有哭有笑。

禿小叔雖然一隻眼，但正好用來看寶盒，看寶盒，好人有時也要瞇起一隻眼。他身後，站着刁叔。刁叔是他的賭場參謀，常常因他的運籌得當，而得到勝利。天明了，兩個人才懶洋洋地走回村來。

這對刁叔來說，也是一種消遣。他有一個「木貓」，冬天放在院子裏，有時會逮住一隻黃鼬。有一回。有一隻貓鑽進去了，他也沒有放過。一天下午，他在街上看見我，低聲說：「晚上到我那裏去，我們吃貓肉。」晚上，我真的去了，共嚐了貓肉。我一生只吃過這一次貓肉。也不知道是家貓，還是野貓。那天晚上，他和我談了些甚麼，完全忘記了。

聽叔輩們說，他的水式還很好，會摸魚，可惜我都沒有親眼見過。

刁叔年紀不大，就逝世了。那時我不在家，不知道他得的是甚麼病。在前一篇文章裏，談到他的死因，也不過是傳言，不一定可信。我現在推測，他一定死於感情鬱結。他好勝心強，長期打光棍，又不甘於偷雞摸狗，鑽洞跳牆。性格孤獨，從不向人訴說苦悶。當時的農民，要改善自己的處境，也實在沒有出路。這樣就積成不治之症。

一九八六年八月十五日

菜花

◖導讀

本文作於 1988 年，後收入《如雲集》。本文所記「菜花」，乃是從菜裏長出的花。作者依次記錄了菜心裏的白菜花、蘿蔔花、菜根部的白菜花、油菜花，又對牽涉到的人與事進行了記述，可謂一篇狀物寫情的妙文。

這些「菜花」一般都是被人忽視的。誰會關注「去年冬季貯存下來的大白菜」到每年清明時所經歷的一系列變化，並把鼓脹的菜頭剝開，去發現裏面已經長出一株有着小米粒般花蕊的嫩黃菜花呢？誰會將蘿蔔埋在花盆裏，並欣賞它繁盛的花朵呢？誰會注意到桌案下面，「從橫放的菜根部長出」的「耀眼地光明」的白菜花呢？誰又能領略「一望無邊」的油菜花和一位衰老的父親在兒子歸來後的高興？

孫犁認真記下這些默默無聞的花朵，並將自己比作菜花：「人的一生，無疑是個大題目。有不少人，竭盡全力，想把它撰寫成一篇宏偉的文章。我只能把它寫成一篇小文章，一篇像案頭菜花一樣的散文。」同時亦賦予平凡的它們崇高的意義：「菜花也是生命，凡是生命，都可以成為文章的題目。」

至此，我們也就明白，作家為何如此欽慕這些菜花，他將它們安置在書案上，與其對望；他懷想着記憶裏無邊的油菜花和父親的笑容，還有一句待對的聯語：「丁香花，百頭，千頭，萬頭。」他將自己和父親，和無數平凡人的生命聯繫在一起，色味淡遠，意蘊悠長。

每年春天，去年冬季貯存下來的大白菜，都近於乾枯了，做飯時，常常只用上面的一些嫩葉，根部一大塊就放置在那裏。一過清明節，有些菜頭就會鼓脹起來，俗話叫做菜懷胎。慢慢把菜幫剝掉，裏面就露出一株連在菜根上的嫩黃菜花，頂上已經佈滿像一堆小米粒的花蕊。把根部鏟平，放在水盆裏，安置在書案上，是我書房中的一種開春景觀。

　　菜花，亭亭玉立，明麗自然，淡雅清淨。它沒有香味，因此也就沒有甚麼異味。色彩單調，因此也就沒有斑駁。平常得很，就是這種黃色。但普天之下，除去菜花，再也見不到這種黃色了。

　　今年春天，因為忙於搬家，整理書籍，沒有閒情栽種一株白菜花。去年冬季，小外孫給我抱來了一個大旱蘿蔔，家鄉叫做燈籠紅。鮮紅可愛，本來想把它雕刻成花籃，撒上小麥種，貯水倒掛，像童年時常做的那樣。也因為雜事纏身，胡亂把它埋在一個花盆裏了。一開春，它竟一枝獨秀，拔出很高的莖子，開了很多的花，還招來不少蜜蜂兒。

　　這也是一種菜花。它的花，白中略帶一點紫色，給人一種清冷的感覺。它的根莖俱在，營養不缺，適於放在院中。正當花開得繁盛之時，被鄰家的小孩，揪得七零八落。花的神韻，人的欣賞之情，差不多完全喪失了。

　　今年春天風大，清明前後，接連幾天，颳得天昏地暗，廚房裏的光線，尤其不好。有一天，天晴朗了，我發現桌案下面，堆放着蔬菜的地方，有一株白菜花。它不是從菜心那裏長出，而是從橫放的菜根部長出，像一根老木頭長出的直

名家散文必讀系列‧孫犁

立的新枝。有些花蕾已經開放，耀眼地光明。我高興極了，把菜幫菜根修了修，放在水盂裏。

我的案頭，又有一株菜花了。這是天賜之物。

家鄉有句歌謠：十里菜花香。在童年，我見到的菜花，不是一株兩株，也不是一畝二畝，是一望無邊的。春陽照拂，春風吹動，蜂羣轟鳴，一片金黃。那不是白菜花，是油菜花。花色同白菜花是一樣的。

一九四六年春天，我從延安回到家鄉。經過八年抗日戰爭，父親已經很見衰老。見我回來了，他當然很高興，但也很少和我交談。有一天，他從地裏回來，忽然給我說了一句待對的聯語：「丁香花，百頭，千頭，萬頭。」他說完了，也沒有叫我去對，只是笑了笑。父親做了一輩子生意，晚年退休在家，戰事期間，照顧一家大小，艱險備嘗。對於自己一生掙來的家產，愛護備至，一點也不願意耗損。那天，是看見地裏的油菜長得好，心裏高興，才對我講起對聯的。我沒有想到這些，對這副對聯，如何對法，也沒有興趣，就只是聽着，沒有說甚麼。當時是應該趁老人高興，和他多談幾句的。沒等油菜結籽，父親就因為勞動後受寒，得病逝世了。臨終，告訴我，把一處閒宅院賣給叔父家，好辦理喪事。

現在，我已衰暮，久居城市，故園如夢。面對一株菜花，忽然想起很多往事。往事又像菜花的色味，淡遠虛無，不可捉摸，只能引起惆悵。

人的一生，無疑是個大題目。有不少人，竭盡全力，想

把它撰寫成一篇宏偉的文章。我只能把它寫成一篇小文章，一篇像案頭菜花一樣的散文。菜花也是生命，凡是生命，都可以成為文章的題目。

一九八八年五月二日燈下寫訖

吃菜根

◖ 導讀

　　本文作於 1989 年，後收入《如雲集》。本文從作者的一種習性寫起，即幼年吃慣的東西，老年依舊愛吃，隨即引出作者愛吃的甜疙瘩——油菜或蔓菁的根部，由此聯想到「嚼菜根」的古代教育方式。而作者從自身的實際經驗出發，點出這種方式未必可取，並取一齣折子戲的內容來說明，觀念須因時因地而更新。作者不將個人喜好強加於人，既樂在其中，又給他人選擇的空間，發人深省。

　　孫犁曾在《老同學》中提及投稿副刊的「三注意」，其中有「不觸時忌而能稍砭時弊」，《吃菜根》恰恰體現了此一創作準則，表現出作者並未將自己置於對別人進行道德訓誡的優勢地位，而是採取了一種謙遜的態度。文章中言，「有的人後來做了大官，從前曾經吃過苦菜。但更多的人，吃了更多的苦菜，還是終身受苦。叫吃巧克力奶粉長大的子弟『味根』，子弟也不一定能領悟其道；能領悟其道的，也不一定就能終身吃巧克力和奶粉。」

　　孫犁一生對周圍人、事、物採取儘量理解的寬和態度，他在《生辰自述》中寫道：「天地至大，歷史悠長，中華典籍，豐美優良。孜孜以求，他顧不遑，探尋遺緒，發射微芒。」孫犁將自己處於「天地」、「歷史」中探尋、求索，發現和體悟到的東西也充滿靈性、溫情和睿智。

人在幼年；吃慣了甚麼東西，到老年，還是喜歡吃。這也是一種習性。

我在幼年，是吃五穀雜糧長大的，是吃蔬菜和野菜長大的。如果説，到了現在，身居高樓，地處繁華，還不忘糠皮野菜，那有些近於矯揉造作；但有些故鄉的食物，還是常常想念的，其中包括「甜疙瘩」。

甜疙瘩是油菜的根部，黃白色，比手指粗一些，肉質鬆軟，切斷，放在粥裏煮，有甜味，也有一些苦味，北方農民喜食之。

蔓菁的根部，家鄉也叫「甜疙瘩」。兩種容易相混，其食用價值是一樣的。

母親很喜歡吃甜疙瘩，我自幼吃的機會就多了，實際上，農民是把它當做糧食看待，並非佐食材料。妻子也喜歡吃，我們到了天津，她還在菜市買過蔓菁疙瘩。

我不知道，當今的菜市，是否還有這種食物，但新的一代青年，以及他們的孩子，肯定不知其為何物，也不喜歡吃它的。所以我偶然得到一點，總是留着自己享用，絕不叫他們嚐嚐的。

古人常用嚼菜根，教育後代，以為菜根不只是根本，而且也是一種學問。甜味中略帶一種清苦味，其妙無窮，可以著作一本「味根錄」。其作用，有些近似憶苦思甜，但又不完全一樣。

事實是：有的人後來做了大官，從前曾經吃過苦菜。但更多的人，吃了更多的苦菜，還是終身受苦。叫吃巧克力奶粉長大的子弟「味根」，子弟也不一定能領悟其道；能領悟

其道的，也不一定就能終身吃巧克力和奶粉。

我的家鄉，有一種地方戲叫「老調」，也叫「絲弦」。其中有一齣折子戲叫「教學」。演的是一個教私塾的老先生，天寒失業，沿街叫賣，不停地吆喝：「教書！」「教書！」最後，抵擋不住飢腸轆轆，跑到野地裏去偷挖人家的蔓菁。

這可能是得意的文人，寫劇本奚落失意的文人。在作者看來，這真是斯文掃地了，必然是一種「失落」。因為在集市上，人們只聽見過賣包子、賣饅頭的吆喝聲，從來沒有聽見過賣「教書」的吆喝聲。

其實，這也是一種沒有更新的觀念，拿到商業機制中觀察，就會成為宏觀的走向。

今年冬季，饒陽李君，送了我一包油菜甜疙瘩，用山西衛君所贈棒子麵煮之，真是餘味無窮。這兩種食品，用傳統方法種植，都沒有使用化肥，味道純正，實是難得的。

一九八九年一月九日

拉 洋 片

本文作於 1989 年，後收入《如雲集》。本文作於 1989 年
1 月 10 日，在前一天，作者寫下了《吃菜根》，兩篇文字以小見
大，精神上保持一致，均是與時俱進的思路，表現出作家實事求
是的真誠情懷。本文中，作者追憶了自己看過的拉洋片：幼年時
廟會上看到的，藝人手打鑼鼓，口中吆喝情節，上下拉動彩畫畫
片；新洋片則換成了現實照片，兩個藝人一推一接，有唱而無鑼
鼓。順帶指出後一種才可稱為「洋片」，前一種，作者猜測，「是
中國固有，可能在南宋時就有了」。文章後半段，提及電影出現
後，拉洋片就沒生意了，作者還用一個村鎮裏發生的故事來加以
證明：兩台大戲幾乎沒人看，都去看錄像了。

文章開頭以娛樂起筆，「勞動、休息、娛樂，構成了生活的整
體。人總是要求有點娛樂的。」在回憶了拉洋片，電影興起而帶
來的衝擊後，筆鋒一轉，最後以觀念更新與否的問題收尾，並認
為理論界關於現代派與民族派的論爭該結束了，也從側面表明這
種爭論還須從實際考察着眼，否則便無意義。

孫犁在《和青年談遊記寫作》中提到，「散文要眼見為實」，
「不然不能取信於後代」，「真實為主，處處有根據」，可見作家知
行合一的求實態度，得於心，應於手。

　　勞動、休息、娛樂，構成了生活的整體。人總是要求有點娛樂的。

　　我幼年的時候，每逢廟會，喜歡看拉洋片。藝人支架起一個用藍布圍繞的鏡箱，留幾個眼孔，放一條板凳，招攬觀眾。他自己站在高凳上，手打鑼鼓，口唱影片的內容情節，給觀眾助興。同時上下拉動着影片。

　　也就是五六張畫片，都是彩畫，無非是一些戲曲故事，有一張驚險一些，例如人頭落地之類。最後一張是色情的，我記得題目叫「大鬧瓜園」。

　　每逢演到這一張的時候，藝人總是眉飛色舞，唱詞也特別朦朧神祕，到了熱鬧中間，他喊一聲：「上眼！」然後在上面狠狠蓋上一塊木板，影箱內頓時漆黑，甚麼也看不見了。

　　他下來一一收錢，並做鬼臉對我們說：「怎麼樣小兄弟，好看吧？」

　　這種玩意兒，是中國固有，可能在南宋時就有了。

　　以後，有了新的洋片。這已經不是拉，而是推。影架有一面影壁牆那麼大，有兩個藝人，各站一頭，一個人把一張張的照片推過去，那一個人接住，放在下一格裏推回。鏡眼增多了，可容十個觀眾。

　　他們也唱，但沒有鑼鼓。照片的內容，都是現實的，例如天津衞的時裝美人，杭州的風景等等。

　　可惜我沒有坐下來看過，只看見過展露的部分。

　　後來我在北平，還在天橋拉洋片的攤前停留，差一點叫小偷把錢包掏去。

其實，稱得起洋字的，只是後一種。不只它用的照片，與洋字有關，照片的內容，也多見於十里洋場的大城市。它更能吸引觀眾，敲鑼打鼓的那一種，確是相形見絀了。

有了電影以後，洋片也就沒有生意了。

影視二字，包羅萬象，妙不可言。如果說是窗口，則窗口越大，看得越遠、越新奇越好。

有一個村鎮，村民這些年收破爛，煉鋁錠、銅錠，發了大財，蓋起新房，修了馬路，立集市，建廟會，請了兩台大戲來演唱，熱鬧非凡。一天夜裏，一個外地人，帶了一台放像機來，要放錄像。消息傳開，戲台下的青年人，一哄而散，都看錄像去了。台下只剩幾個老頭老婆，台上只好停演。

一部不聲不響進村的錄像，立刻奪走了兩台緊鑼密鼓的大戲，就因為它是外來的，新奇的，神祕的。

我想，那幾個老頭老婆，如果不是觀念還沒有更新，礙於情面，一定也跟着去開眼了。

理論界從此再也不爭論，現代派和民族派，究竟誰能戰勝誰的問題了。

一九八九年一月十日

記春節

◖ 導讀

　　本文作於 1990 年，後收入《如雲集》。本文記述的是作家童年裏過春節的景象，他將之概括為「童年最歡樂的時候」。春節裏有豐富的內容：貼對聯、樹天燈、搭神棚、放鞭炮，每一項內容都充滿樂趣，讓作者難忘。貼對聯活動由父親、叔父和「我」共同完成，彷彿是一家和樂的象徵儀式；樹天燈在當時很壯觀，裏面有母親的願望，「這樣行人就不迷路了」；搭神棚是全家共同參與的對「全神」的祭拜活動，「全神」形象怖畏，「莊嚴極了，神祕極了」給童年的春節增添了一絲「可怕」的氣息；放鞭炮則是春節歡樂的高潮。

　　在鞭炮的聲音裏，作家細數此後過春節的歷史，覺得「年歲越大，歡樂越少」。文章的情感調子越來越低沉下來，遷入樓房後，連鞭炮也不放了，飯菜、水果變得不是味兒，鞭炮的聲音也不可愛了。

　　可就在作者鬱鬱寡歡之際，被鞭炮叫醒之後，那童年裏作為春節高潮的鞭炮聲，在這裏似乎銜接了起來，春節的歡樂又重現了，作者的精神也振奮了，「歡情已盡，生意全消，確實應該振作一下了。」

　　《記春節》以情感鋪陳全篇，由歡樂寫至歡樂越來越少，以至於無時，筆鋒突轉，歡樂似乎又不那麼渺茫了。讀來搖曳曲折，柳暗花明，極盡韻味。

如果說我也有歡樂的時候，那就是童年。而童年最歡樂的時候，則莫過於春節。

春節從貼對聯開始。我家地處偏僻農村，貼對聯的人家很少。父親在安國縣做生意，商家講究對聯，每逢年前寫對聯時，父親就請寫好字的同事，多寫幾副，捎回家中。

貼對聯的任務，是由叔父和我完成。叔父不識字，一切雜活：打糨糊、掃門板、刷貼，都由他做。我只是看看父親已經在背面注明的「上、下」兩個字，告訴叔父，他按照經驗，就知道分左右貼好，沒有發生過錯誤。我記得每年都有的一副是：「荊樹有花兄弟樂，硯田無稅子孫耕。」這是父親認為合乎我家情況的。

以後就是樹天燈。天燈，村裏也很少人家有。據說，我家樹天燈，是為父親許的願。是一棵大杉木，上面有一個三角架，插着柏樹枝，架上有一個小木輪，繫着長繩。樹起以後，用繩子把一個紙燈籠拉上去。天燈就樹在北屋台階旁，村外很遠的地方，也可以望見。母親說：這樣行人就不迷路了。

再其次就是搭神棚。神棚搭在天燈旁邊，是用一領荻箔。裏面放一張六人桌，桌上搬着五供和香爐，供的是全神，即所謂天地三界萬方真宰。神像中有一位千手千眼佛，幼年對她最感興趣。人世間，三隻眼、三隻手，已屬可怕而難鬥。她竟有如此之多的手和眼，可以說是無所不見、無所不可撈取，能量之大，實在令人羨慕不已。我常常站在神棚前面，向她注視，這樣的女神，太可怕了。

五更時，母親先起來，把人們叫醒，都跪在神棚前面。

院子裏撒滿芝麻秸，踩在上面，吧吧作響，是一種吉利。由叔父捧疏，疏是用黃表紙，疊成一個塔形，其中裝着表文，從上端點着。母親在一旁高聲説：「保佑全家平安。」然後又大聲喊：「收一收！」這時那燃燒着的疏，就一收縮，噗地響一聲。「再收一收！」疏可能就再響一聲。響到三聲，就大吉大利。這本是火和冷空氣的自然作用，但當時感到莊嚴極了，神祕極了。

最後是叔父和我放鞭炮。我放的有小鞭，燈炮，墊子鼓。春節的歡樂，達到高潮。

這就是童年的春節歡樂。年歲越大，歡樂越少。二十五歲以後，是八年抗日戰爭的春節，槍炮聲代替了鞭炮聲。再以後是三年解放戰爭，土地改革的春節。以後又有「文化大革命」隔離的春節，放逐的春節，牛棚裏的春節等等。

前幾年，每逢春節，我還買一掛小鞭炮，叫孫兒或外孫兒，拿到院裏放放，我在屋裏聽聽。自遷入樓房，連這一點高興，也沒有了。每年春節，我不只感到飯菜、水果的味道，不似童年，連鞭炮的聲音也不像童年可愛了。

今年春節，三十晚上，我八點鐘就躺下了。十二點前後，鞭炮聲大作，醒了一陣。歡情已盡，生意全消，確實應該振作一下了。

一九九〇年二月二日上午

責任編輯　劉萄諾
封面設計　高林
版式設計　鄧佩儀
排版　陳美連
印務　劉漢舉

名家散文必讀系列

孫犁

作者　孫犁
導讀　陳學晶

出版｜中華教育
香港北角英皇道 499 號北角工業大廈 1 樓 B 室
電話：(852) 2137 2338　傳真：(852) 2713 8202
電子郵件：info@chunghwabook.com.hk
網址：http://www.chunghwabook.com.hk

發行｜香港聯合書刊物流有限公司
香港新界荃灣德士古道 220-248 號 荃灣工業中心 16 樓
電話：(852) 2150 2100　傳真：(852) 2407 3062
電子郵件：info@suplogistics.com.hk

印刷｜美雅印刷製本有限公司
香港觀塘榮業街 6 號海濱工業大廈 4 樓 A 室

版次｜2023 年 11 月第 1 版第 1 次印刷
©2023 中華教育

規格｜32 開（195mm x 140mm）

ISBN｜978-988-8860-73-9

本書由天天出版社授權中華書局（香港）有限公司以中文繁體版在中國大陸以外地區使用並出版發行。
該版權受法律保護，未經同意，任何機構與個人不得複製、轉載。